王迪詩　講

鬼"故"

目錄

前言——
你信世上有鬼嗎？

股神巴菲特說：「我唔怕死。」Well，不少超級富豪都講過類似的豪言壯語，但口裏說不，身體卻很誠實。唯有股神，八十八歲高齡日飲五罐可樂，午餐吃麥樂雞。FYI：巴菲特投資旗艦巴郡持有約值一百六十億美元的可口可樂股份。

講句真心話，誰不怕死？一位教書的朋友說：「我有個小六女學生最近出現情緒問題。阿媽對個女要求好高，女兒亦不負所望年年考第一，由細到大都好乖，但最近突然逃學，在超市偷東西，對學業簡直完全放棄。她的母親又打又罵一直吵到校長室，心理學家細問之下，才發現去年祖母過身，全家在靈堂哭崩，唯獨女兒沒流過一滴眼淚，母親當眾直斥：『你冷血㗎？』女兒回到學校卻爆喊，老師上前安慰才知道她的祖母過身。其實這孩子是不懂得處理『死亡』這件事，她不哭並不代表她很輕易就接受了祖母過世的事實，只是不懂如何將感受表達出來，母親卻不問

情由就罵她冷血。」

有心理學家說，人一生都籠罩在懼怕死亡的陰影下，害怕一切都有盡頭，所有努力最終都會煙消雲散，而且不用說死亡附帶著的病痛是多麼可怕啊。

我小時候是個「老積」的孩子，幾歲大就開始思考人為什麼會死，死了之後又會怎樣。其實我的童年和少年都沒有經歷過生離死別，連寵物都沒養過，我是光坐著想的。最初看樹，然後看書。每天上幼稚園的途中都經過很多樹，樹叢裏有很多牽牛花，我細細地看，竟發現每一朵花都不一樣，也找不到兩片完全相同的樹葉，當我發現這件事的時候震驚得說不出話來，因為樹葉的數量多到數也數不清啊！卻沒有兩片完全相同……我看著花兒凋謝，落葉枯萎，以為要說再見了，但日子過去，又再盛開。

很多人知道我要出版《鬼故》都很驚訝，問為什麼。如果我告訴你，我寫鬼故是因為我曾經失戀，曾經遭遇工作挫敗，你會不會更驚訝？這些跟鬼故有什麼關係？

人為什麼而活——我從未停止問自己這個問題。對於我的香港讀者，用廣東話說出來會更有感覺——做人到底為乜？當然不是說每分每秒腦子裏都叮叮叮敲著問號，這可不是光坐著就能找到答案的。一次又一次，我是在工作、戀愛、日常生活的種種體會逐少逐少得到啟示。

我寫《鬼故》並不是為了嚇人(雖然恐怖是在所難免啊！)，而是在想假如可以窺見人死後會有什麼遭遇，或許可以更加明白現在每天努力打拼到底是為了什麼，或許會更懂得選擇該如何利用今天擁有的二十四小時。

書中談到一位朋友專程飛到台灣找一對異能夫婦看前世，夫婦在完全沒有資料的情況下準確地說出她今世的遭遇，讓她從中獲得震撼性的啟發；這本書也提到幾位有陰陽眼

的朋友半輩子以來的奇聞，當中甚至有人見過「死神」；有人在辦公室看見因為工作過勞而猝逝的同事，即使死後鬼魂仍回到office工作；有廣為香港人認識的靚仔男模竟然是捉鬼專家，一位著名作家曾告訴我親眼見過狐狸精，還有我自己在2018年舉辦演唱會時在香港藝術中心撞鬼的親身經歷⋯⋯

這些事情很有啟發性，或許「他們」是精靈而不是鬼？也有人認為人死後就會灰飛煙滅，根本沒有鬼魂，沒有投胎輪迴，就是click一聲消失於無。當然，人死後到底會怎樣，不是真的死了是不會知道的。我個人不相信死後會就此消失，如果有這麼便宜的事倒也不錯。宇宙之大難以想像，我們所知道的只是一粒沙而已，還有許多可能性超越人類的認知，有外星人根本一點也不出奇，何況鬼？我一直抱著開放態度去接受世界的各種可能。

這不是一部虛構出來的小說，而是我和家人、朋友的親身經歷，我得到他們同意把事情寫出來，當中除了採用化名，整件事都是真實的。很多人知道我在寫《鬼故》都紛紛跑來自動報料，故事雖多，卻每一次都讓我聽得目瞪口呆。

現在，我將要把這些故事一一告訴你，準備好了嗎？

從那天起，他見到鬼

不經不覺，認識「博士」原來已差不多十年了。最初結識他是因為我與「潘Sir」潘惠森聯合編寫舞台劇《孔雀男與榴槤女》，博士是幕後團隊的中堅份子，他什麼都懂，十項全能，任何人有解決不了的事都會向他求救，要講心事也會找他，像 bear bear 熊，我們累了就倚著他歇息。但要是我讓他化名「bear bear 熊」，男人老狗也太cute了吧？既然他在大家心中是個十足的通才，稱他「博士」聽來更貼切些。

博士有陰陽眼。很多人說有瀕死經驗的人，事後可能會「開了眼」，從此可以看見靈體。博士在加拿大讀中學時跟朋友一起踏單車，朋友不知有一輛貨車正急速駛來，博士大叫「走開呀！」他還是聽不到。為了救這位朋友，博士拚了命狂踩單車腳踏，全速衝過去用肩膀將朋友撞開，豈料貨車撞過來時，單車的手柄像柱子一樣猛烈地直擊了博士的胸口，導致他的心臟停頓了一段時間，他被送到醫院搶救。

「我記得在醫院時，隔鄰床位躺著一個老伯，他躺了一會便坐起來在床上喝水。我問阿伯，你病好了嗎？但阿伯沒有理我。」

後來博士才知原來自己昏迷了整整三天，而那位老伯在他昏迷期間已經過世，他醒來後看見正在喝水的是阿伯的鬼魂。從此，博士沒完沒了的見到鬼。我曾經問他：「你怕嗎？如果有得揀，你會選擇不再看見嗎？」他想了一下，微笑道：「我又覺得幾有趣喎，也是一種人生經驗呀。」他就是這樣處之泰然。

博士很愛貓，也曾在加拿大飼養過一隻鵝，這隻鵝在離世後一直跟隨在他身邊兩年。一個下雨的晚上，博士回家時在大廈門口看見一隻貓，這隻貓上月已經過世了，他感覺到有什麼不對勁。當他走進升降機，按了關門鍵，這才注意到升降機內有個披頭散髮、穿紅衣的女人低著頭面向著牆。博士心中一寒，但那時升降機門正在關上，他已來不及離開了。

全院滿座

我曾經寫過舞台劇《孔雀男與榴槤女》，也做過差不多四十場talk show，因而認識了一些劇場界的朋友，常常聽他們提起劇場是個多麼猛鬼的地方，也許因為有很多陽光長年照射不到的暗角而聚集了陰氣。我並不特別感到害怕，也沒怎麼放在心上，直至我於2018年底在香港藝術中心壽臣劇院舉行演唱會時親身「中招」，才體會到「那東西」可以如何「具體地」影響人。關於這件事，我已詳細寫在這本書的另一篇文章。

有名的「全院滿座」事件發生在演藝學院。一位同學本來下午兩點要到劇院看綵排，但這位同學遲到，他在門縫看見裏面已經全部坐滿了觀眾，便沒有進去了。隔天他詢問其他同學綵排的情況時，同學們竟然告訴他——當日的綵排取消了，劇院內根本沒有人啊！

另有一次，演員需要在台上「吊威也」。綵排時一切正常，待正式演出時，竟有工作人員和幾名觀眾不約而同表示看見很多「人」跟他一起飛上去。後來在另一場舞台劇，有位男演員需要從一個高台跳下來，演出了幾晚都相安無事。直至一晚，當他爬到高台上正準備跳下去時，突然有一把女人的聲音虛虛的在他耳邊說：「今晚跳好啲呀……」他當下全身起雞皮，陰寒的感覺直透進骨子裏去。不用說，那高台上除他以外根本沒有任何人，事實上整個舞台就只有他一人，那把女人聲到底從何而來呢？

香港海防道……
有好多……

「如果你跟一位朋友逛街，又如果他沒有喝醉卻好端端的突然開始『之』字形走路，若然你怕鬼，就不要問他為什麼，只管跟著他的路線『之』字形走。」

曾有一位女士這樣告訴我。而她所說那位突然「之」字形走路的人，就是她的丈夫。

海防道是尖沙咀一條大街，中間行車，左右兩邊是行人路，你有沒有發現近九龍公園那邊的行人路通常比較少人？那位女士的丈夫有陰陽眼，每次來到海防道他都不願意走靠公園那邊的行人路，只有一次因為太趕時間而走了那邊，他突然拉著老婆的手低下頭來「之」字形快步走。

「雖然這麼多年我是見慣了，但還是盡量不想穿過『他們』啊！避得就避啦……」丈夫這樣說。其實左右兩邊的行人路有什麼分別呢？靠近九龍公園那邊有很多樹，感覺很陰。她的丈夫形容那邊的行人路「滿街都是」，有些坐在樹上，街上也有很多，他唯有左穿右插盡量避開。

自從我跟身邊的人提過這件事，他們每次來到海防道都會

自動「靠邊站」。「你幹嗎要告訴我？不知道還好好的，知道以後就總覺得自己在『穿過』什麼……」

其實大家也不用擔心，每天來往海防道的人數以萬計，我甚至會故意走靠公園那邊的行人路，因為相對沒那麼擠，不是更舒服嗎？

另有一位朋友在台灣淡水也突然「之」字形走起路來，因為大家向來都知道他有陰陽眼，就沒有問為什麼了，只識趣地跟著他走。靈界朋友看在眼裏，又何嘗不覺得你們這一串「之」字形走路的人好奇怪呢！

晚晚幫我開門，
麻煩你了！

我開了近四十場 talk show，其中大部分是在香港藝術中心壽臣劇院舉行的。每場演出都有跟觀眾互動的答問環節，我獨個兒站在台上，一位觀眾問我：「Daisy，從你的專欄得知你正在寫鬼故，什麼時候出版呢？好想看啊！能在這裏透露書中一兩個故事嗎？」我後尾枕一寒，問這位觀眾：「你肯定你想我在這裏講嗎？」全場霎時寂靜無聲，大家都打個冷震。

一位「看得見」的朋友曾經告訴我，什麼時候最惹鬼？就是當幾個人聚集起來講鬼，因為靈界朋友也很好奇想知道人類如何談論他們。所以，原來最多鬼的時候真的就如電視劇的情節，一班人去露營時圍起來講鬼故，中間會突然多出一個……或兩三個……那假如在talk show的答問環節我們四百幾人一齊講，到底又會發生什麼事呢？

由於我的talk show是單人演出，整個化妝間和走廊就只有我一人。壽臣的後台是這樣的：開場前，表演者會由化妝間走到舞台的布幕後面stand-by，期間必須通過一條樓梯，再推開一道厚重的門，之後便正式踏入近乎漆黑的後台了。我常常感到這道門不只一道實體門，更是一道分隔兩個世界的牆，在意識的領域上分開了現實與想像，在這道門後面就是戲劇世界，令人抽離了現實，遺忘了現實。

有次，一個女演員演了幾場舞台劇後跟同事們閒聊：「麻煩你們了！晚晚都幫我開門，不然要我自己開的話也真費勁呢。」同事們面面相覷，本來就人手不足，後台根本沒有同事替她開門呀！女演員的心立時涼了一截。奇怪的是她說出來後，此後幾晚的演出再也沒有「誰」替她開門了，我每次演出穿過這道門時都不禁想起這件事。

「那東西」
在他的頭頂盤旋

我的畫家朋友Sam一直想找座空間夠大的房子，既可做畫室，也可住在那裏。他找到一個位於工廠大廈內的單位，樓底超高，實用面積千八呎，三個房間還有一個上樓梯的小閣樓，房租特平，他立即就租下了。

安頓好後，一班朋友去house warming。老實說，我一進去就覺得不對勁。要來到這座工廈，首先得左拐右轉很多彎，這座大廈彷彿縮在一角似的，電梯大堂昏昏暗暗，穿過連人影也沒有的死寂走廊，我的腳步聲泛起了回音，左右兩邊的單位全是沒有門牌的，那感覺真是詭異得要命，不知怎的竟突然想起連名字也沒有的亂葬崗。

由於沒有門牌，我唯有打電話給朋友讓他出來接我，沒想到單位內也怪昏暗的，即使室內已經亮了燈依然陰陰沉沉。感覺上，整座大廈就像被一塊巨型黑布包住，隱沒於世界。但朋友剛新居入伙，我就不好意思把感覺告訴他了。

不出半年，再見到Sam的時候他已在尋找新屋了。「實在住不下去呀！住半年，病足半年。」然後他湊近我的耳畔低

聲說：「而且我覺得呢度『唔乾淨』！」於是，他告訴我這半年來所發生的怪事。

「最先是Sake (那是他養的唐狗)。你也見過牠，很乖吧？我遷進來後，有天晚上牠突然對著牆角狂吠，但那裏明明什麼也沒有呀！無論我怎樣安撫牠，牠就是對著空氣猛吠，而且頭仰得有點高，彷彿是看見什麼，對準『那東西』吠的，可是那牆角明明什麼也沒有啊……屋內還有幾處，例如浴室和書房的天花燈，不知為何總是不斷壞掉，換了一次又一次，就是閃幾下就報廢了。但最大問題還是病，我不停發燒、胃痛、氣管炎……總之一波未平一波又起，沒完沒了地生病。」

暫且放下迷信，這本來是工廠大廈，而且是一座十室九空的工廠大廈，空調系統不知多久沒有清洗。雖然客廳有一隻大窗，但是密封的不能開，而且並非向陽，屋內有很多地方是長年沒有陽光照射到的，例如書房和浴室。懂風水的朋友說常常沒有陽光照到的地方陰氣特別重，但我想不用風水師也可以理解吧，在陽光充沛的環境人都會精神些，有研究指出在歐洲陽光稀少的月份，情緒病患者的人

數會上升；也有研究發現懷孕期間吸收更多陽光的婦女，生出來的孩子患病率較低，就是連師奶都懂得「曬棉被」可以除菌這道理。

好明顯，Sam決定租下這個單位時並沒有考慮這一點，住進來後問題卻陸續出現了，最後唯有搬走。Sam很怕鬼，平日就連聽見我們講鬼故他都要逃跑的，未找到新居之前唯有硬著頭皮繼續暫住工廠大廈，晚晚驚慌得無法入睡，尤其當Sake眼定定望著某處，他就要用棉被包住自己不斷祈禱。

終於捱到搬屋前的最後一晚，他比平日更坐立不安，便向友人求救。朋友Alfred答應來過夜替他壯膽，也真夠義氣啊。那夜Alfred睡在書房的梳化床，Sam則像平常那樣待在自己的睡房，徹夜用被子蓋著頭，輾轉反側無法入睡。他不知道，此刻在隔壁的書房正上演著驚心動魄的一幕。

Alfred洗完熱水澡，用手機覆了幾條訊息，凌晨十二點左右便上床睡覺。他是讀理科出身的人，重視理性思考，並沒有怎麼把Sam說的怪事放在心上。他閉上眼睛，放鬆身體，讓意識深深的沉下去，沒多久便睡著了……

第二天，Sam見Alfred臉如死灰，心知不妙，但見他不欲多談，也就不敢問了，不如專心搬屋吧。搬了整天，晚上終於可以在新屋休息一下，Sam和幾個幫忙搬屋的朋友軟癱在梳化上，包括Alfred，大家都因為勞動了一整天而累壞了，默默喝著啤酒回氣。

「其實，昨晚在你舊屋過夜，我撞上『他』了……」Alfred說。

原來昨晚睡到半夜，他突然感到有什麼罩在自己的臉上，那彷彿是一團有氣息的東西，讓他有種直透進骨子裏的寒。他當時是仰臥的，而這夜「那東西」就在離他的臉不遠處，用一種類似意識的東西向「入侵」這間房的他發出驅趕訊號。Alfred想開燈，卻感到全身繃緊，動彈不得，唯一能動的是張開眼睛，卻看見一團人形的黑影正在自己的上方盤旋，他嚇得半死，又無法逃走，只能眼巴巴看著那團黑影盤旋了一晚，即使閉著眼睛也能切實地感到「那東西」的氣息。直至差不多天亮，那團黑影才終於消散。

那位不用買票的觀眾

「博士」曾為多部舞台劇擔任監製。有次他監製的一部
劇上演了，女主角的一班學生相約一起買票看戲捧老師的
場，而這班學生之中，其中一個年輕女孩最近不幸因病過
世了，其他同學跟她感情很好，雖然她已經不在，依然每
天幫她買票，讓她可以欣賞每一場演出。

有天下午，博士正在演出場地打點一切，為當晚的演出做
準備。他翻看文件夾的時候發現一張支票不見了，便四處
尋找，看看是否剛才不小心丟失在劇場的某處。他走著走

著來到劇院，在舞台上找了一遍不果，站在台上望向觀眾席的時候心想，支票有可能丟在座位之間的縫隙啊，但這裏有千多個座位，如何逐個座位去找？

就在這時，博士看見一個年輕女孩站在第五行近右邊走廊的位置。再看清楚一點，她竟是那位因病過世的女生。博士步下舞台，走到女生剛才站著的位置，那張支票就在地上。

心地好的，生前死後都依然心地好，仍在幫人。

「其實你們不用幫她買票啊，她每一場都有來看！」博士
告訴那班同學。

無論她現在身處何方，祝福她快樂、平安。

飛蛾傳說

飛蛾是已逝者的化身——我第一次聽到這種說法，是祖母告訴我的。她帶了我的兩個堂弟弟回祖屋，在大廳看見一隻飛蛾，兩個小男孩把飛蛾按在地上嬉鬧一番，那天晚上就夢見祖父將他們兄弟倆按在地上打。祖母叮囑：「不許打飛蛾，那是先人的化身啊！」

理性地看，這可能是因為祖母多番責備兩個孩子不要碰飛蛾，「是祖父化身回來，你們老是在鬧，祖父可要生氣啊！」堂弟聽得入腦，晚上就夢見了。這不足為奇，我自己就常常夢見白天做過的事。

最近朋友Michelle家中來了一隻很大的飛蛾。「牠待在我睡房的天花板久久不離去，我曾聽說飛蛾是先人的化身，還是不要去碰牠了，誰知那天晚上我夢見一位死去已經二十年的朋友，我跟他聊天，很深入地聊了整整一晚，第二天醒來那隻飛蛾仍在天花板，而且當晚飛蛾仍在原處，我睡著了，竟然再夢見那位朋友！他離世足足二十年了，我怎會沒由來的突然連續兩晚夢見他呢？而且是十分清晰、詳細的夢，我相信那隻飛蛾就是我的朋友。」

Michelle有親戚養了十幾隻貓，全都漂亮可愛極了，唯獨一隻叫朵兒的相貌奇醜，從來沒有人會抱牠，Michelle的四歲兒子卻完全不理那些漂亮的貓，獨愛朵兒，抱著牠說：「沒有人愛你，我來愛你啊，下世我要娶你做老婆！」

後來這親戚往外國住了幾年，Michelle的兒子八歲才再次見到朵兒，那時朵兒已經瞎了一隻眼，身體十分虛弱了，可男孩還是抱著牠輕輕說：「我就是愛朵兒，下世娶你做老婆……」

一天晚上，Michelle的家來了一隻飛蛾，整夜停留在兒子的床邊。她一怔，立即致電那位親戚問：「朵兒是不是走

了？」

「你怎麼知道的？剛去世，我還沒有通知任何人呢！」

這到底是巧合還是真有其事？就留待讀者去細想了。

辦公室鬧鬼

Sophia是一位事業型女性，而且人緣極佳，在美容界是出色
的公關。她創立的PR公司由最初只有兩名員工，生意愈做
愈旺，很快就擴充至十多名職員，需要遷往一個較大的辦
公室。

她在中環租了一個寫字樓，全體員工開開心心遷進來，起初相安無事，但怪事卻逐漸湧現。一天晚上，同事Maggie晚飯後一個人留在公司，趕著把客人新推出的化妝品用紙袋一袋袋裝好，第二天送給名單上的KOL做宣傳。看看錶，9:05pm。她用拳頭輕輕搥一下肩膀酸痛的地方，喝一口咖啡又繼續埋頭工作。「噠噠⋯⋯噠噠噠」，那是在電腦鍵盤上打字的聲音⋯⋯但Maggie明明兩隻手都拿著紙袋，連碰也沒碰過電腦鍵盤！她一怔，將紙袋輕輕放在地上暫停所有動作，同時屏住了呼吸，打字的聲音停了。

室內一片死寂。「也許是我太累，一時聽錯了，不要自己嚇自己啊……」

於是Maggie繼續工作，核對剛才處理好的第一批名單和地址，又拿起紙袋裝好其餘的化妝品。「噠噠……噠噠噠」，打字聲又來了！今次更清楚聲音來自窗邊牆角那部電腦，更令人打顫的是她感覺到「有誰」正在辦公室裏，除她以外的另一個「誰」，正在「噠噠噠」的敲著電腦鍵盤，她嚇得慌忙收拾東西拔腿就跑。

第二天上班，Maggie告訴同事們昨晚的經歷，大家都不寒而慄。「一定是有鬼！那個座位，就是那個窗邊牆角的座位！不然風水師為什麼要我們擺七支水在那個位置？肯定是有什麼不妥呀！」

其實剛剛遷進這個辦公室時，老闆娘Sophia曾經請來風水師，當時風水師走到窗邊牆角，站了一會，指著那個座位說：「在這裏擺七支水。」Sophia連忙致電風水師告知Maggie昨晚的遭遇，並且問道：「你坦白告訴我吧！那個位是不是有鬼？」風水師沉默了一下說：「你得知道，有些事情我是不能說出來的。」

Sophia公司的生意愈接愈多，大家都忙得不可開交，很快就忘了那些詭異的打字聲了。直至有天，就在大白晝的下午，一個男同事剛剛開完電話會議，一掛線轉頭望向窗邊——天啊！牆角正站著一個「人」！一個黑黑的人形物體，一張模糊的臉，卻讓你感覺到「他」正牢牢盯著你。

一波未平一波又起。不久後有天中午，「呀！」一個女同事突然尖叫，眾人跑過來，只見她張口結舌地一手捧著飯盒，另一手指著電腦屏幕，上面彈出了「hi！」這個訊息。「我正在吃飯，我好肯定好肯定兩隻手都沒有碰到電腦mouse，卻突然彈出『hi！』這個訊息，有人幫我發了這個訊息給一個記者！天啊……」

從此，沒有人夠膽在天黑之後留在公司，更沒有人夠膽坐窗邊牆角那個座位。Sophia身為老闆也總得找個方法令同事工作安心，她一方面開始尋找新寫字樓，另一方面也尋求「專家」意見，看看該如何面對住在辦公室內那位靈界「朋友」，應該「捉鬼」嗎？將會在下文揭曉。

廣為香港人認識的
靚仔男模竟然是
捉鬼專家

前文提到PR公司老闆娘Sophia的辦公室鬧鬼。她在一個飯局上聊起這件事，沒想到席間一位經常在電視和網上出現的靚仔男模居然會「捉鬼」，真是人不可以貌相。誰會將一個fashion model同捉鬼師傅聯繫起來呢？

Sophia跟男模說：「你可以來我辦公室看看是否真的有鬼嗎？」

男模頓了一頓，說：「假如我看見有，你想我點做？」

Sophia想起風水師提醒過不要捉，不要硬碰。「只要照直告訴我有還是沒有就夠了，好讓我也有個心理準備。」

男模：「剛才你一提起的時候，我當下就感應到。現在去你公司，『他』未必會讓我見到的。」

兩人還是一起到Sophia的辦公室。男模之後說：「一如所料，『他』知道我來，刻意不現身讓我看見。」

當Sophia以為這件事暫告一段落，第二天竟收到男模發來的WhatsApp，是一張他撞車的照片，並寫道：「你還是盡快搬office吧！『他』比我想像中更麻煩呀。」

Sophia為此深感內疚，認為是因為她要求男模幫忙而連累他撞車。男模說，那天看完她的辦公室，晚上還處理了另一件更複雜的靈異事件，車禍也有可能因那件事而起。

老闆娘很懊惱，我說：「有人說鬧鬼會帶來衰運，你公司的業務卻蒸蒸日上呀。」

「這也是真的，我的生意愈來愈好。但師傅說『他們』總要人還的，遲早會影響健康、家庭或其他事情，還是盡快搬走較為穩妥。」

那些電腦鍵盤打字聲、牆角的人形黑影、電腦屏幕突然彈出訊息、男模遇上車禍⋯⋯這一切是巧合還是另有原因？就交由讀者自行判斷了。對我來說，這件事的啟示在於三個字——Work life balance。晚上不要加班啊。

你相信輪迴轉世嗎？

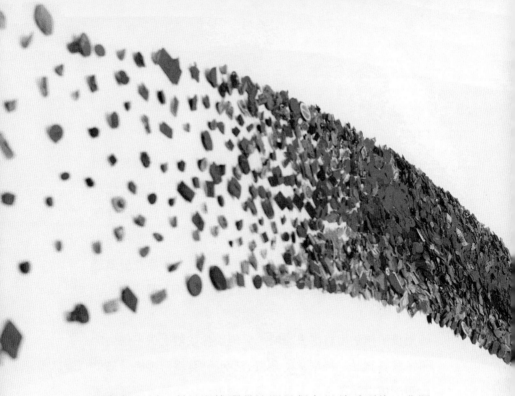

因為很深刻，所以即使那段訪問是很久以前看到的，我還是清晰地記住了。那是無意間看到的電視靈異節目重播，訪問了一位專門飾演老人家的演員陳立品，她說了這件親身經歷：

「在我出生的那個年代，女人生仔好辛苦的，簡直就是搵命博。我爸有幾個老婆，我其中一個阿媽好不容易生下孩子，豈料嬰兒一出生就夭折了，做母親的非常生氣，心想豈有此理我千辛萬苦生你下來，這傢伙居然立馬就投胎去了！一怒之下搶了我當時正在寫功課用的毛筆打算塗污嬰兒的臉，讓他下世做人整張臉都是黑黑的胎記。我另一個

阿媽心腸好，勸說：『別這樣啊！你毀了孩子的容貌，叫他下世怎麼過日子呢？這樣吧，你若堅持要用毛筆在他身上留下記號，就改為在他背上畫一筆吧。』於是就這樣辦了。後來，孩子曾經夭折的那個阿媽又再懷孕，嬰孩出生的時候她當場嚇呆了 ——這孩子的背上竟有一條長形黑色胎記，活像用毛筆畫出來的。你說世事有沒有這般巧合？」

輪迴投胎無法用科學去證明，只能說你主觀上信不信這件事。我嘗試從「科學」的角度去想——有沒有可能是這位母親的憤恨深深刻在潛意識裏，她再度懷孕時，潛意識便將她的情緒轉移到胎兒身上，產生了背上的胎記？若你問我，我個人的想法是人的心理影響可以巨大得超乎想像。那麼我是否定了輪迴投胎的可能嗎？當然不是。宇宙很大，千奇百怪，輪迴投胎又有什麼出奇？

當然，不是叫你相信「喂喂我前世救過你，你立即去銀行給我轉錢報答我吧」，但「世上有神棍」跟「輪迴轉世是否存在」是兩件事。如果真有投胎轉世的話，那麼我相信前世未解的怨、未報的恩，一定會帶到下世。這樣想來，那位母親心理上的怨恨影響了孩子的下一世就說得通了。

廣東話有這麼一句：「係你嘅就係你嘅，唔係你嘅就點都唔係你嘅。」除了適用於買六合彩，也可以應用於做人處世。如果那「注定」是她的孩子，繞了一圈還是會回來，係佢嘅就點都係佢嘅。

沒有人可以用科學證明真有投胎轉世，我相信會輪迴的反而是仇恨，潑出去的恨就像污水，最終會沾濕自己的腳。憎恨是一件很傻的事，被恨的人不痛不癢，甚至根本不知道有人正在咬牙切齒地憎恨自己，倒是懷著怨恨的人睡不安吃不下，未報到仇自己先就吃了苦頭，負能量還會影響身邊的人，影響婚姻和孩子，苦果繞了一圈之後報在下一代身上。如果太情緒化，「討公道」很容易變成「攬炒」，得不償失呢。那麼我是鼓勵你遇到罪案不報警、遭遇不平就啞忍嗎？剛好相反，遇到罪案必須舉報，不然豈非縱容罪犯繼續害更多人？我想說的是：

不要容許情緒佔據你，不要讓怨氣摧毀你的
人生。

實踐起來當然不容易，但至少要這樣提醒自己。

我也聽過老人家說大肚婆不能拿針拿釘，孕婦的家人或周
圍環境也不能鋸木打鐵，會影響孩子的外貌。聽來好像很
迷信，但我親眼見過兩個真實例子，完全看傻了眼。讀小
學的時候，爸爸常常帶我去游泳，在泳池認識了一個年紀
跟我差不多的女孩，我們一起玩著聊著，很快就熟絡了。
有次我們一同在更衣室洗澡，她說要讓我看她的「秘密」，
便翻開泳衣邊緣讓我看她的屁股，上面有個洞，缺少了一
塊肉。

「我爸爸是做裝修的，祖母說因為我媽懷著我時爸爸天天
打釘搥鐵，就在我身上打掉一塊肉了。」

類似的事也曾發生在我一位朋友的兒子身上，孩子的屁股

上也缺了一塊肉，老人家說是因為孩子的爸是做建築工程
的。這跟投胎轉世沒有直接關係，但我想這並不是迷信，
而是反映了環境和心理對孕婦的影響比我們想像中還要大
啊。

擁有陰陽眼的人
會看見什麼？

為了寫《鬼故》這本書，我常常會問身邊的人有沒有見過鬼。很多朋友知道我在寫書，甚至會主動聯絡我分享「奇遇」。幾年下來，我聽過的靈異事件已經累積成厚厚一本了，這部書所記下的還未夠我聽過的一半。但我想凡事不要去得太盡，有點留白就好。

我認識不少擁有陰陽眼的朋友，他們的「所見所聞」都有著一些共通點，卻又有些不同，比如說，有人看見的鬼魂全都是黑白的，但也有人看見有顏色、血淋淋的；有人只看見一團飄浮的黑影，也有人看見具體的「人」；有些從來只聽見聲音，卻並未親眼看到；另有一位朋友大部分時間所見到的都是過世動物的魂魄。有人看見的靈體跟一般人類的外觀無異，既不是半透明，也不是三頭六臂，但有些人看見的卻只有上半身、只有身沒有頭，或各種各樣不同「款式」；也有人看見血肉模糊、非常恐怖的，他們說真的就跟在電影《鬼眼》看到的差不多。

前文提到化名「博士」的朋友在車禍後見盡靈異怪事。我曾問他：「如果跟一般人類的外貌無異，那你怎麼知道自己看見的是鬼？」

「我確是不知道的，直至我或其他人穿過『他們』的身體……或如果留神去看，就會感到有種『陰』，那就像突然有風吹你的後尾枕，告訴你一個訊息——那不是人。」

他曾在一個購物商場的洗手間內看見一個長髮男人呆呆地

站在中央，站立的姿態有點僵硬，長髮蓋住了半張臉，但他趕時間也就沒有理會了，繞圈子就走過去。一會兒後，他看見有人穿過長髮男人的身體，而長髮男人則若無其事地繼續呆呆站著。

我發現不只一位朋友都這樣形容——聲音先於畫面。意思是有時並沒有看見什麼，卻聽見了；也有時是先聽見，過了一會才看見，而且聲音往往比視覺清晰得多。但無論如何，他們所聽見的都有個共通點——那聲音總是好近，好近，彷彿貼在你的臉耳語那般近，那種毛骨悚然的感覺會讓人背脊發麻。

這讓我想起一位舊同事曾在澳門住酒店，早上起床後一個人到酒店低層吃早餐。升降機到了——她走進去，按二樓，再按關門，當門差不多關上之際卻突然好像被人按掣剎住，又重新打開，她看看外面，明明沒有人啊，於是按關門，再按二樓。

「你出番嚟先啦！」突然一把男人聲喝道。

她四處張望，確定真的沒有人啊！或許是自己睡眠不足聽錯了……再按關門。這次門動也不動，無法關上。

「你出番嚟先啦！」那把男人聲又喝一次。這次她不敢逗留了，連忙跑出來找酒店職員陪著搭另一部升降機。

有些人是從小就看見，天生的；也有人本來看不見，但後天遭遇某些特殊經歷之後就獲得了看見的「能力」。我做 talk show 和演唱會的團隊裏，有位負責幕後的女同事婉婉。我從第一次見面就喜歡她了，也非常欣賞她的工作。後來才知原來她與靈界接觸的經歷如此精彩，不同種族、年代、顏色、形態應有盡有。

我認識一個男生本來是看不見的。八歲那年，他的爸爸被鯊魚咬死，全家都很傷心，除了他。原來爸爸的鬼魂天天陪伴在側，這孩子的生活跟以往根本沒兩樣，並不覺得已經失去父親。但與此同時，他亦「開了眼」，除了父親以外也看見各式各樣的靈體，而且大多是血淋淋的。由於實在太恐怖，後來找師傅幫忙封了眼，此後再也看不見了。

婉婉十歲之前看不見靈體。父親在她十歲那年過身，她在葬禮上看見爸爸跟她揮手講再見，從此她便毫無間斷地看見各種各樣的「朋友」。

這本書往後會談到更多婉婉的奇異見聞。

那不是鬼，是精靈

前文談到婉婉。她本來看不見靈體，直至父親在她十歲那年過身，她在葬禮上看見爸爸跟她揮手道別，從此便毫無間斷地看見異域「朋友」。

「我試過看見一家四口——兩個大人拖著兩個小孩，在半空一步一步行上斜路。那斜路我是看不見的，換句話說他們正在一條隱形的路上行走，而他們似乎也看不見我。」

另有一次，婉婉在香港大會堂的劇院內測試器材，因為工作至很晚，同事們都下班了，只剩她一個人留在劇院埋頭苦幹。由於需要測試音響效果，她得走到劇院的不同角落，確保坐在任何位置的觀眾都能清晰地聽見舞台聲效。她在觀眾席最後幾排坐了下來，突然感覺到右邊有人坐下，她把臉轉向右邊一看，只見身旁坐著一個身穿軍服的巨人，是個外國人，像二戰時期那些軍官。那為什麼說是「巨人」？因為他的身形是正常人的兩倍，座位根本容不下他，所以他是一個「人」坐了兩個位，他的身體可以穿過兩張座椅之間的椅柄！婉婉擦擦眼睛再看清楚，那人的身體不完全是個實體，彷彿有透明的部分。

「你怕嗎？」我問婉婉。

她聳聳肩說：「我不怕啊，可能我比較大膽吧。在我眼中，他們不是鬼，而是精靈，我們只是存在於不同空間，而兩個空間意外地重疊起來而已。只有一次我真的被嚇壞了，有晚我睡到半夜，突然有種怪怪的老是被人望著的感覺，睜眼一看，竟見床尾站著一個小孩，再看清楚……是個滿臉鮮血的外國小女孩！」

婉婉膽子真是不小，她一個女生住在新界偏僻的村屋，而且因為工作關係經常夜歸，鬼並不恐怖，賊卻可怕多了。一個女生常常出入僻靜地方不怕危險嗎？婉婉歪歪頭笑笑，「我覺得沒問題啊，反而很喜歡那種居住環境，又有地方同朋友燒嘢食，不知幾正！」

一晚，婉婉完成舞台劇綵排之後回家，她得先搭小巴去到尾站，再步行十五分鐘，那段路往往僻靜無人。那夜行到半路卻有個女人迎面跑步而來，跟婉婉打招呼：「Hi！收工啦？」

「係呀，bye bye！」婉婉隨口答了一聲。答完之後呆了

兩秒，怎麼那個女人的裝扮怪怪的？她穿著一條貼身褲，小腿套著冷襪箍，就是八十年代流行跳aerobics穿的leg-warmer，頭髮束成一條高馬尾，額前箍著棉質hair-band，徹頭徹尾就是八十年代的造型！再回想起來，這個女人好像不太「清晰」，意思是……稍微有點透明……

也許這就是婉婉所說的，我們只是存在於不同空間，而兩個空間在這夜、這路上意外地重疊起來而已。

搭上紙紮司機開的小巴

婉婉從小到大見過的鬼（或她口中的「精靈」）
多不勝數，我覺得以下要說的這件事最恐怖。

前文提到婉婉一個女生住在新界偏僻的村屋。
她從事舞台劇幕後工作，經常因綵排或演出至
深夜才能回家。一天晚上，她又工作得很晚，
拖著疲乏的身軀出了火車站再轉小巴。當她來
到小巴站時，剛巧看見肥佬司機被站長罵得垂
頭喪氣，她在司機後面的位置坐了下來。

婉婉需要在這條線的尾站下車。路上,一個又一個乘客相繼下車,她玩玩手機,看看窗外的風景,並不覺得時間難過。住在偏遠的村屋已經很多年了,她很享受村屋的生活,吃素多年的她並不熱衷追求物質。舞台劇幕後工作給她很大滿足感,能夠帶給觀眾一點快樂就很好了,婉婉就是這麼一個純樸的人。

差不多到尾站的時候,車上只剩婉婉一個乘客。到了,她拿起手袋,喊了一聲「唔該司機」,當她經過司機座位正準備下車時,眼角好像瞄到一些什麼⋯⋯咦,怎麼這肥佬司機變瘦了?等等⋯⋯不只瘦了,而是身體變薄了⋯⋯薄成一張紙,頭上戴著古代卜帽,那⋯⋯是個紙紮公仔!婉婉鎮定地一步步行落車,就在她踏在小巴梯級那一刻,一把彷彿貼著她臉龐耳語的聲音說:「唉,我平時都唔係揸開呢條線,唔知點解今日我嚟咗呢度⋯⋯」她心中一寒,但「經驗豐富」的她立即讓心情平伏下來,不回頭,不停步,若無其事地繼續下車,沒想到這件事竟然還有下文。

前文提到有陰陽眼的「博士」,他從事舞台劇幕後工作,跟婉婉是認識多年的同事兼朋友。就在婉婉遇上紙紮小巴司機的那天晚上,她看見博士在Facebook post了一張照片,

是一張紙紮公仔的照片，頭戴卜帽，兩頰鮮紅，紙糊的薄身軀，正是她剛才看見的那個紙紮小巴司機！那張照片拍攝的地方是博士居住的大廈門口，他在Facebook寫道：「今晚回家，打照面就是這個畫面，不知是誰放了這個紙紮公仔在大廈門口。」

第二天回到劇院綵排看見博士，婉婉把昨晚搭小巴的經歷相告，連博士也無言了。

她在辦公室
打開櫃子，
卻驚見……

Florence在九龍灣一座工業大廈上班。這座大廈只有外圍部分地方有窗,而有窗的位置當然是留給高層做房間,剩下中間一大片長年不見天日的地方給小職員。

辦公室裏有個房間用來擺放巨型鐵櫃,裏面儲存了大量box file。有天下午,一個女同事突然從這個房間衝出來,上氣不接下氣地指著房內,卻因為驚慌過度而說不出話來。Florence給她倒了杯熱茶,鎮定下來後,這位女同事說:

「剛才我在房間裏打開鐵櫃,打算拿去年的資料來看。當我拉開最下層的那個抽屜⋯⋯天呀!裏面竟然睡著一個男人!屈曲著身體瑟縮在抽屜內,他好像不太『清晰』⋯⋯怎麼說呢?就是影像有點模糊,我不知該說『透明』還是什麼,總之看來不是正常人⋯⋯」

常有人問我怕不怕鬼。我並不害怕鬼魂的存在,但是否會被嚇著就視乎「他們」以什麼模樣出現了,突然撲出一件血淋淋的,就算那是人而不是鬼也很可怕吧,又或是像這位女同事所看見的,在office取文件罷了,誰會料到抽屜裏竟睡著一個「人」?

變成鬼仍繼續上班，
那死來幹麼？

我聽過很多發生在辦公室
的靈異事件，其中最震撼
的要數以下這件事了。

一位朋友在大企業上班，他和同事們就像香港萬千打工仔
一樣將青春奉獻給公司，經常加班，在職場打拚。有天，
一個中年男同事又留在office加班至很晚，後來他被發現暈
倒在地，送院搶救已返魂乏術，他因為工作過勞而在辦公
室猝死。

隔天晚上，女工趁同事們已經下班了，便在辦公室內進行清潔。突然，她聽見影印房傳出一些聲音，好像是影印機運作的聲響……但不會啊，公司內明明已經沒有人了，難道有同事折返回來工作？於是女工走近看看，竟見那位已猝逝的男同事正在影印！正確來說，是他的鬼魂回來公司上班。

這位女工心地好，她對鬼魂說：「你放咗工喇，好好休息啦！」鬼魂望望她，好像醒覺了一般離開影印房消失了。

聽說有些人死了卻不知自己已經死了，還在重複做著生前的事，繼續上班下班，那未免太沒意思了吧？別告訴我在「下面」還要交稅，還要供樓。那麼難得才死一次，無論如何都想做點跟以往不同的事啊，若只是重複生前天天所做的，那死來幹麼？給先人燒紙紮iPhone、紙紮大屋，就是假定死去的人也過著跟生前一樣的生活。我可不想死了仍要交稿。

我個人還是比較傾向相信，死亡只是整個生命旅程其中一個階段的結束。離開塵世後就會投胎或move on到下一階段，有些人因為某些原因而沒有前往下一階段，可能是心

願未了之類，就變成無主孤魂了。那些move on到下一階段的又再展開新一場經歷，說不定活了幾世之後就會來個大總結，審判這人幾世以來的功德和罪孽。當然，這只是我的奇想啊。

若不是有這位好心女工說一句：「你放咗工喇」，男職員的鬼魂就無法move on了，也許他的靈魂會永遠困在辦公室，永世不得自由。我一開頭說這件職場靈異事件是我聽過最「震撼」的，意思並不是最恐怖，而是這件事深刻地提醒了我，在我仍有呼吸的每一天，今天絕不能是昨天的重複。工作可以忙，但絕不可以忘了為什麼要這樣忙，一定要好好記住每天為之而努力打拼的原因，要享受全力以赴的痛快。這件事提醒我工作的意義。

在溫泉旅館撞上幕府將軍的幽靈

聖誕新年，在日本撞見朋友的機會大過在中環。日本確是一個百去不厭的地方，雖然我不熱衷購物，但超喜歡吃，在YouTube搜尋「王迪詩東京美食推介」可看到我拍的兩條影片。

我喜歡遊日本的另一大原因就是浸溫泉，尤其是露天風呂，愈凍愈過癮，最好凍到落雪，泡在熱騰騰的泉水裏看雪，感覺真的非常幸福啊。

有次為了去群馬縣的溫泉旅館，我從市區轉了三次車、花了八個小時終於來到深山，在那人間秘境泡了一次難忘的溫泉。每次一個人或一個家庭浸，我獨個兒走進一條木隧道，昏昏暗暗的拐了九曲十三彎，一回神已發現自己置身森林之中，天地寂靜得只剩我一人。我泡進泉水閉上眼，感受內心平安。睜開眼時，幾頭小鹿正由樹叢裏探出頭來看我。早晚兩餐在旅館的飯廳裏吃，坐在榻榻米透過落地玻璃望出去就是懸崖，細雪紛飛的時候美得教人心疼，唯一是接受不了馬肉刺身。

日本的溫泉旅館多是代代相傳的家業，不少都過百年歷史，而且倚山近水，發生靈異事件也不足為奇。幾位有陰陽眼的朋友都說，通常首先是聽到，之後才看見，或只聽到而看不見，而且聽到那聲音往往是非常近，就像突然有人貼在你的臉旁耳語。

朋友跟母親一同入住溫泉旅館。母親泡溫泉去了，朋友獨留房中的時候突然聽見有人搖鈴，聲音彷彿是從很遠的洞穴傳來的……不只鈴聲，還有鼓聲，似乎有一大隊人正從遠處漸漸走近，他們的腳步聲正浩浩蕩蕩地迴旋……可是

這家旅館明明建在荒山野嶺，住客稀少啊，哪來這般壯觀隊伍？

於是朋友透過房門的防盜眼窺看走廊的情況，驚見一隊穿古裝的軍人……就像日劇《大奧》，江戶時代幕府將軍出巡那種狀況！朋友只覺由背脊到後尾枕一陣發麻，倒像有份參演一部穿越劇吧。

酒店，
怎可能沒有……

我很享受獨處，也經常一個人住酒店。怕鬼嗎？Well，連人也不怕，實在沒什麼理由怕鬼了。而且即使害怕也不能改變鬼魂存在的事實，正如就算憤怒也無法改變人渣存在的事實。那就聳聳肩，平常心吧。

但這並不表示我認為酒店沒有鬼。剛好相反，酒店見證了許多故事，人的悲歡離合都在這裏留下痕跡。有人來度蜜月，也有人分手之後來度假療傷；有人在酒店求婚成功，更多人到酒店爆房摧毀婚姻；有人來靜思減壓因而找到重新出發的力量，也有人絕望地一心來這裏尋死。這種意識混雜的場所容易引來靈異生物並不出奇吧。

Alice從小就看見靈體，她說住酒店「十次有九次都會見到」。比如有次在泰國住酒店，一入房近門口有個衣櫃，她想掛起外套，豈料一打開衣櫃就看見裏面蹲著一個阿婆和一個細路女，Alice裝作若無其事地把衣櫃門輕輕關上，心裏卻已有預感還有下文。

果然，她慢慢走進房間裏去，竟見一個阿伯坐在床上，看來是一對祖父母帶著孫女。Alice繼續裝作看不見，然後到樓下要求酒店經理換房。雖然經常見到鬼，但她也希望「同房的數目盡量少些」，不然也就太擠了吧。

幾位有陰陽眼的朋友都說，若看見了一定要裝作若無其事，因為在大部分情況下，靈體是不知道這個人看見他

的，所以切勿跟他對望，切勿逗他說話，不然他一旦知道你看得見他便會一直纏著你，也可能要求你為他辦事。

「博士」在加拿大的時候與朋友一起到超市購物，朋友先到停車場取車，博士離遠看見一個外國男人的靈體站在朋友的車後面，他立即衝過去對靈體說：「你不要搞我的朋友！」幽靈猛一抬頭，如夢初醒的看著博士，發現原來博士看得見他，馬上嘰嘰喳喳纏著他說話，講的是德文，聽不懂。可是那德國幽靈由加拿大一直跟著博士回來香港，從早到晚沒完沒了地在他耳畔喊德語，人都癲。

我的祖母可以
預知未來

Linda有特異功能，我一直這樣認為。

先說明一下，Linda是我的祖母，要是有讀過我寫的《王迪詩@蘭開夏道》便會知道關於她的故事。有次爸媽閒聊間說了一件我以前從未聽過的奇聞，打仗的時候日本仔佔領香港，大家生活都很苦，Linda帶著幾個年幼的孩子住在灣仔

修頓球場附近的板間房，一間屋用木板分成很多小房間分租出去。Linda會說：「右邊第二間房的陳太太將要誕下男嬰了。」但她沒有告訴陳太太，怕嚇著了她，那時這位太太連自己有身孕也未知道呢！過一陣子，Linda又會說：「左邊第一間房的盧太太要誕下女嬰了。」一次又一次總是給Linda猜中。因為她不是「猜」，而是親眼「看見」。

到底Linda是如何「預知未來」的？她看見一個小男孩從長廊走進陳太太的房間，之後陳太太真的生下一個男嬰；另一次看見小女孩走進盧太太的房間，之後盧太太也果真生下一個女孩。Linda看見的兩個孩子都不是這裏的住客，無聲無色突然從角落裏冒出來，那他們到底是「什麼」？沒有人知道，但Linda就是一次又一次說中了。

我在想，這就是人們所說的「投胎」嗎？也許是早夭孩子的靈魂找到新的歸宿，走進房間投入新媽媽的懷裏？

我抱著希望、也這樣相信我們死後可以在「某處」跟已逝的親友重逢，有人稱這「某處」為天國，地名不是重點，重要的是我相信團圓，宇宙的美善終會讓人團圓，中間必定會繞了許多彎，兜錯很多路，但要重逢的人終會重逢。

我跟朋友「博士」也曾經談過這個題目，在另一篇文中提到他的想法。

但如果人死後就會投胎「重新做人」，那我們豈不是永遠無法跟已逝的親友再次相見？又或許輪迴很多世之後累積下來的因果孽債，才一鋪過埋單計數，「合資格」重逢的就可以重逢⋯⋯當然，這一切都只是我的隨想，真相就要待某天我們自己去發現了。

我對祖父母的愛
(一)

我的祖父名叫楊華幹 (我想大家也知道王迪詩是我的筆名吧)，他在我出生前已經過世了，我只從祖母口中聽過祖父在酒店工作，是個心地很好、處處為人設想的大好人，而且非常疼愛孩子。

可惜的是祖父相當年輕就猝逝。某夜，他吃完飯坐下來小睡一會，豈料從此就沒再醒來，遺下六個年幼的孩子由祖母獨力撫養。如今祖母過身已超過十年了，我一直後悔沒有趁她在世時多問一些關於祖父的事。我也問過父親和姑母，但祖父離世時他們年紀很小，而且我父親全家內向寡言 (不知為何生出一個開了四十場talk show的女兒)，從來不會主動談起祖父 (或任何事)。

有天出現奇蹟，吃飯時我爸突然淡淡的說：「阿爺係廚師，煮西餐。」我震驚得差點嗆到，想講「我的天！」一千次，為什麼到現在才告訴我？死纏爛打問下去，他才說出祖父當年是上環三角碼頭東山酒店的西餐廚師。祖父不只會做西餐，還會做很棒的中菜、點心和甜品。因為廚藝出眾，有外國夫婦設宴時還會特別聘請祖父到他們家中做菜。

祖父為人爽朗慷慨，那個年代因為戰亂和動盪，大家生活都很艱苦，祖父常常煮一大煲紅豆沙免費派給整條街的大人細路。我很久以前就在書中寫過，我平生最欣賞兩種職業——裁縫和廚師。當我知道祖父是一位出色的廚師，那種自豪、尊敬、神往卻又悔恨自己到今天才知道的百感交雜，令我徹夜難眠！

說著說著，我爸又突然拿出一張黑白童年全家福，我一看，不得了，祖父年輕時竟然同彭于晏撞樣！氣宇軒昂，穿中山裝型到無話可說，這麼重要的照片我居然是這輩子第一次看到，我父親那種不愛說話的程度實在不可思議。照片中祖母手抱的嬰孩是我爸爸，看來只有兩歲的是姑母，伯父則大概十歲左右吧。

我非常渴望能知道更多祖父的事，他上班的東山酒店、他認識的人，即使只是最微細的資料也好，我都很想知道。上網搜尋一番，找到《頭條日報》2013年一篇題為「桃姐真實版」的報道，得知受訪的娟姐戰後曾在般咸道陳家大宅當馬姐，而陳家正是東山酒店的老闆！但陳家已移民多年，難以聯絡了。如果各位讀者認識曾在東山酒店工作的人，我希望能問問他是否見過我的祖父楊華幹，機會渺茫，但要是大家有東山酒店的照片或資料，也請給我發電郵 (daisy.lancashire@gmail.com)，感謝！

我跟我的父母外貌性格完全沒半點相似，有時會生起自己「不知從哪裏來」的孤單感覺，為何唯獨我有這些缺點？為何只有我這樣看事情？人生在世，總需要跟什麼建立連繫，那就算迷失了，最終也能重回正軌。現在去拜山，我們對於自己在拜的那位知道多少？我鼓勵大家寫族譜，記下你這一代的事情，承傳下去。

我對祖父母的愛
（二）

祖母多次見過祖父——
在他去世以後。

自小祖母就特別疼我，我
叫她Linda，我就是喜歡黏
著她。祖母率性爽直，俠義心
腸，在我心中是一位了不起的女性。Linda的奇異經歷可多
了，她見到鬼，也見過聖母。我的意思是——她親眼見過
聖母，而不是教堂裏的聖母像。

祖父某夜猝逝，抽屜裏只剩二十塊錢，六個年幼的孩子等著糊口。家中遭逢巨變，Linda孤身一人撐起整頭家。實在到了窮途末路的時候，Linda來到一個石灘好好想事情，這是她的習慣。突然，她看見一團光從海面昇起，一個女人被包圍在光團之中，女人對她說：「不用擔心，一星期後會有人來幫助你。」

Linda是天主教徒，知道那是聖母，她多年來每天都向聖母祈禱。果然，七天後一位平日很少來往的朋友突然主動來探望Linda，給她和孩子們借了一點錢渡過難關。Linda經常幫助有需要的人，因為她永遠記得曾經有人向她伸出援手。她每逢週日必定到教堂望彌撒，風雨不改。上教堂這個「動作」本身跟一個人的品格沒有關係，很多人做了壞事都會祈禱希望天主保佑。我從小就視Linda為榜樣，不是因為她上教堂，而是因為她「活」得像一個基督徒。

然而我也曾在書中寫過這一段：「I have to say，Linda的個性並不是一個好相處的人。她出身書香世家，父母讓她年紀很小就接受教育，那在一個多世紀前的中國並不常見。

戰亂之前，她是千金小姐，很有點林黛玉的氣質，講得好聽是纖細敏銳，講得不好聽就是敏感小器。

我出生的那一年，有天我媽回到家裏，Linda不知何故臉色鐵青坐在客廳，原來她聽到一些流言，指我媽說了一點『結婚後很委屈』之類的怨言。我媽否認說過，Linda不相信，氣得大哭，仍是手抱嬰兒的我也在旁邊大哭助興。我媽二話不說倒了一杯茶，跪在地上向Linda道歉。『奶奶，我發誓從沒說過那些話。但你是我的長輩，因為我的緣故令你生氣就是我不對，請你喝下這杯茶不要動氣了……』

我媽當年處理此事的手法是一種藝術，Linda不怒了。十年之後，有天母親來接我放學，在路上遠遠看見Linda緊張地來回踱步。我們走得愈近，她似乎愈緊張。我們終於來到Linda跟前，她鄭重跟我媽說：『家嫂，我是特地來向你道歉的。十年前那件事我錯怪了你，很對不起！』我媽問她錯怪了什麼？她根本想不起來，細說下才知道是指『流言』一事，原來Linda一直耿耿於懷，覺得對不起我媽媽。

如今我已長大成人了，而Linda亦已經離開我了。但她讓我明白即使是長輩，錯了就得承認，優雅地面對自己的錯。就算戰亂和苦難奪去了Linda原本擁有的許多東西，也無法奪去一位金枝玉葉的教養。」

祖父在我出生前已經過身，我對他所知不多。也許是太久以前的事了，全家都極少談到祖父生前的事，倒是Linda常常提起見到已去世的丈夫。其中一次發生在祖父去世三十多年之後，祖母和叔父一家由住了多年的房子搬到新居，Linda在新屋門口看見祖父，她一怔，很久沒見了，十年生死兩茫茫，三十年到底是怎樣的感受？有時我會想，過了這許多年以後，Linda還會常常想起丈夫嗎？仍記得祖父曾經對她說過的綿綿情話嗎？我怕祖母傷心，沒有問她。那一刻，她見到祖父站在新屋門口，倚著牆，不進房子裏去。為什麼祖父的鬼魂會突然出現呢？Linda想了很久，才醒起安放祖父靈位的櫃子尚未送到，所以靈位還未好好的安放在新居，難怪祖父無法入屋了。

Linda是天主教徒，她不拜觀音菩薩，也不上香，可她還是

堅持要在家中好好安放丈夫的照片和骨灰。每年祖父的生忌，子孫都會在祖父的靈位前鞠躬，我每次都在靈位前站很久跟祖父聊天，問他：你喜歡有我這個孫女嗎？我有令你感到驕傲嗎？雖然我從未見過祖父，可是我很想你啊。

我這位祖母是一位頭腦非凡的女性，還很會擅用自己的「特異功能」。她常常做夢，並自行解夢，買馬，中過兩次三T。我從未見過有人像Linda那樣研究馬經，她會畫diagram、寫分析、做紀錄、得出一串沒有人能看懂的數字。我整天纏著她，趴在她的腿邊吃餅乾。幼稚園未畢業，整份馬經從頭到尾每個字我都懂，爸媽簡直看傻了眼。

那Linda是如何解夢中三T呢？她夢見的大概是「三姑婆來我家，問兩個麵包賣幾錢」之類的，她會像查案一樣慢慢拆解：首先，三姑婆已經仙遊，她的遺產分給了五名子女，暗示大熱的三號馬會輸，而五名子女生的孩子當中，三姑婆最疼排第三的孫仔，於是Linda就會買十號馬勝出。我第一次聽到時都像你現在這樣一頭霧水，為什麼是十

號?五個仔女,那應該買五號吧?原來另一個五來自孫「仔」的「仔」字,有五劃,「五個仔女」的五,加上她最疼孫仔的「仔」有五劃,就得出十。咁都得?Linda就是這樣贏了兩次三T,你知道三T有幾難中?可她就是靠這些外人覺得毫無邏輯可言的「聯繫」,解開祖父給她報夢的謎底。是的,她認為是丈夫給她報夢。

Linda最厚的「靈異事件簿」,發生在她家鄉中山的祖屋。那間屋分「舊翼」和「新翼」,前者在清朝的時候曾是富豪買來擺放棺材的地方,新翼則是現代化平房。天黑以後,Linda絕對不肯進入舊翼,因為她曾在那兒見過殭屍,一隻一隻從棺材跳出來,兩腮抹得鮮紅,穿清朝的服裝,戴著帽,神情恐怖之極。也不只她一人見過,曾有一個親戚在舊翼留宿,睡到半夜,不知怎的老是感覺被人盯著,睜眼一看,不得了!十幾個穿清朝服裝的「人」包圍著他,目不轉睛地盯著他看,他嚇得直奔上二樓向親友求救,一家被他吵醒,跟著到下層看過究竟,當中有兩三人果真看見那一隊陣容鼎盛的鬼魂,有些人則看不見,聽說那視乎生辰八字,「命格」是否容易惹鬼。那即是說不由

自己選擇吧，儘管也曾聽過有些人是後天「修煉」成可以看見的。

如果有得揀，不知Linda會選擇看見否？要是選擇看不見，那就會連丈夫也看不見了。

茫茫思念，不知與鬼魂的短暫相聚可會舒解一點愁。

長期住客

離開住了半輩子的家遷進新屋的
時候，祖母Linda和叔父一家曾經
遇到一件怪事。

從小到大連感冒都很少患上的叔父，自從搬進新屋之後便一直生病，發燒一個多月不退，狂咳，發冷又發熱……看了多次醫生，不斷服藥，就是治不好。有天下午，叔父又外出看醫生，嬸嬸上班去了，家中只剩祖母一人，她正坐在客廳看書，不知從哪處竟突然冒出一個男人，穿過客廳筆直走進叔父的睡房。叔父的病絲毫沒有好轉，不久之後，Linda有天黃昏路過叔父的睡房，竟見上次那個男人坐在叔父的床上！

為免叔父心裏不自在，祖母並沒有把這件事告訴兒子。那當然呀，任誰聽到「喂喂，我剛看見你床上坐著一隻鬼」都會睡不著吧！Linda是天主教徒，她請神父來家裏灑聖水「聖屋」，之後祖母就再也沒有見過那個「男人」，而叔父不久也病好了。

有位朋友住在有五十年歷史的舊樓，一間千八呎的老房子只住了她本人、丈夫和五歲兒子，連外傭也沒有聘請。五歲兒子常常對著空氣說話，又說「姐姐」今天跟他玩了什麼什麼，哪來的「姐姐」？父母聽得心都寒了。後來有次，母親自己也撞上「姐姐」，是個穿旗袍的少女，在家

中的走廊行來行去。她大概是這間屋的「原居民」吧，比這一家三口更早就住在這裏了。

又比如祖母在新屋見到的那個「男人」，雖然那是新建的高樓大廈，但那片土地過百年前就有人住了，那他也是原居民，而且繼續住在這裏變成長期住客了，可他和旗袍少女為什麼還沒有move on？是走不了？還是不想走？

假如死亡並不是生命的終結，而只是其中一個階段的結束，那就只能不斷向前走，別回頭。

美納

那教堂像個圓形的小巧禮物盒。盒子頂部是七彩的玻璃，清晨的陽光像一尾魚那樣蕩進來。在禮物盒的中央，Linda安祥地睡在一個精緻的棕色盒子裏。

我站起來，開始朗讀。Linda生於1917年……

「不要叫我祖母，那聽來讓我感到老了十年。叫我Linda。」她從前吩咐道。Linda吃桂花糕要「走」桂花。她會翹起二郎腿，呷一口龍井，花兩個小時去用竹籤挑走桂花糕裏面細細碎碎的桂花。「媽，反正桂花碎屑沒有味道，你吃了也不覺得。」爸爸說。Linda和我馬上瞪了這個男人一眼。

明白Linda的就只有我一人，也只有她明白我為什麼吃奇異果不吃核。

我在星期三傍晚到醫院看望祖母。她在病床上奄奄一息，昏迷了，雙手卻仍緊緊抱著什麼不放似的。我們一家數十人都先後來過看她，除了其中兩個她疼愛的孫兒——一個忙著湊仔，另一個忙著考第N次專業試（之前考來考去都不及格，不見得今次抽一小時來看祖母最後一面會對考試結果有任何影響）。我明白了，Linda見不到這兩個孫最後一面，捨不得走！我從她那大口大口掙扎著的呼吸裏忽然醒覺。

當天晚上十時，我發了兩個訊息，請那兩位做孫的無論如何盡快到醫院看祖母最後一面。凌晨四時醫院來電，我知道——發生了。

的士飛快穿過紅隧往醫院奔去。天空在蘊釀著什麼似的，有一種黑夜與白晝之間的曖昧。我一點不覺得傷心，我只感到一種怪異——一個沒有Linda的世界，怎麼可能成立？忽然之間，我感到世界失去了它原有的重量，輕飄飄的。

這時才看到要湊仔的孫兒回覆了我的訊息：「明天會去看祖母。」

明天。她說明天。

「我要考專業試呀！這陣子一直忙著溫書。」另一個孫兒次日來電說。「我本來打算今天下午去看祖母──」我掛了線。去你的「本來打算」。

她用盡了自己的一生去愛你，如今她要離開塵世，難道你連道別也省得？我很後悔，後悔當初沒有用鎖鏈鎖著他們去見Linda。她死了。一切都已經太遲了。

而我，在往後的人生裏決不要錯過任何一個人。

*　　　　　　*　　　　　　*

泥土「嚓」一聲灑在那精緻的棕色盒子上。「陪葬的都齊備了。一盒SKII、一條圍巾、鋼筆和記事簿、一套內衣褲，還有四季衣服各一套。」媽媽說。

內衣褲？人死了也穿內衣褲？

Linda最後一次跟我說話，是在醫院。她的記憶力在最後一年突然急速衰退，見了我竟笑瞇瞇的問：「你放學了？」我的心像一塊鉛直沉海底，忍著淚水「唔」了一聲。後來醫院的護士告訴我，那天我離開後Linda見人就說：「有個漂亮的小妹妹來看我。」我聽後哭了一夜。她不認得我。

小時候，我依偎著祖母撒嬌，她摸摸我的頭說：「我七十幾歲啦，你知道嗎？」

「知道呀，那又怎樣？」

「七十幾歲是很老了，我不能永遠陪著你。」

生命讓我一點一滴去體會祖母所說的話。有天，Linda真的

走了。我在她的遺物裏找到一張聖相,背後寫著「美納」,我這才知道原來祖母領洗時的聖名是Philomena,中文譯作「美納」,多麼富於詩意的名字。

我覺得即使祖母離開很多年以後,我仍在一點一點的發現她。一個人有機會去明白一些以前不明白的道理,是非常幸運的。

我夢見她，
我親愛的

就在祖母 Linda 的葬禮不久之後，我做了以下這個夢。

我追上了一輛巴士，不是平常上班上學搭的那種，而是去遊玩的旅遊巴，長長的車身，我不斷向前擠想追上走在前方的Linda，但無論向前走多久車廂都不見盡頭，而Linda的背影就在我前面，可是人實在太多了，我喊：「Linda！等等我啊！」身邊的人逆方向撞著我的肩膀，所有人都匆匆忙忙。Linda回過頭來對我微笑，她看來很開朗，揮揮手說：「你未得㗎！」我拚命喊：「Linda！人太多……我追不上呀！」她再度回頭對我說：「你未嚟得㗎！」然後揚揚手示意叫我調頭。

我哭著醒了，不捨得祖母。

婉婉曾經告訴我，親人離世後不久就夢見是好事啊，比很多年之後才夢見更好。「很快就夢見，意味著親人很快就可以投胎或前往下一階段，很久之後才夢見則表示這麼多年他仍然走不了。」

我十分同意。

無論如何，move on。

不管在人間還是地獄，就算不知前面是什麼，
向前走總比在原處漫無目的地遊蕩好得多，至
少令人有所期待，有可以為之而努力的目標，
知道「目的地」的人好幸福。不要在仍有呼吸
心跳的時候做隻流離浪蕩的孤魂野鬼。

無論Linda的「下一站」是何處，我都有信心她現在很好，
一定很好。

可以再見
已逝的親人嗎？

對鬼故事這個題材感興趣的其中一個原因，是很想知道能
否再見已逝的親人。我最愛的祖母已經過身了，我同樣敬
愛的祖父在我出生前亦已離世，我們會有團聚的一天嗎？

前文提到的朋友「博士」，自從在車禍心臟一度停頓，
死過翻生之後就開始見到鬼。有天上班，他突然跟一位同
事說：「你媽媽okay呀，別擔心。她很掛念你，也知道你
很想念她，現在她一切安好，放心吧。」那位同事即時哭
崩。他的媽媽昨晚才去世，還未來得及告訴任何人。博士
當時看見這同事身旁站著一個上了年紀的婦人，感應到是
什麼一回事。他說有些人剛去世時靈魂不會立即離開這個
空間，而會短暫留在關心的人身邊，但通常不久就會消失
於塵世，繼續另一趟旅程。

「是投胎嗎？」我問。

「不知道啊，但就我所看見的，感覺上他們是要前往另一個空間。」

「那麼我可以再次見到祖母嗎？」

「可以。」

「你怎那麼肯定？」

「你祖母告訴我的。」

我張口結舌。他續說：「剛才我感應到你祖母的聲音。」

「我是否要等到死後再經歷一些什麼才能見到祖母？」

「不是的，你死的時候就會見到她。」

「但屆時祖母已過身多年了，你說投胎也好，去另一個空間也好，她不是已經前往下一站嗎？我又怎能再次見到她？」

博士喝一口咖啡，慢慢地說：「這當然沒有人會知道答案，但我個人的想法是，試想像一個人是由幾個部分組成的，好比一部分在iPhone，一部分在iPad，但總和都儲存在iCloud，即使祖母的一部分已前往另一個空間，她的總體仍在『iCloud』，將來會與你重逢的。」

這是我至今聽過最好的說法，跟天堂、地獄、輪迴這些意念都是相容的。其實從來就沒有人說過「天堂」是在雲上飄呀飄，雪白一片，人人頭上都有光環。投胎到一個充滿愛的家庭不就是身處天堂嗎？也沒有人說過「最後審判」一定是死後立即審判，輪迴十世才一鋪過審判不可以嗎？沒有人會知道這個「機制」如何運作，但我還是相信因果。我相信心地好的人就配得起幸福。

鬼照片

一班朋友食宵夜，不知是誰先講起鬼故，又驚又要聽，大家就一個接一個地說起來。Eva壓低了聲線問：「有沒有見過女鬼的照片？」兩個女生怕得馬上回家，男生則大多半信半疑。「是修圖吧？」Eva掏出手機，翻出在同事WhatsApp群組裏的照片讓我們看。

「這照片是在泰國拍到的，我們一班同事去旅行，合租了一間渡假屋。有晚大家圍起來玩啤牌，因為不夠椅子，部分人便坐在床上，不知是誰說床褥不舒服，於是把整張床褥翻起來倚著牆，然後我們繼續玩啤牌。玩著玩著，我感覺背後有風吹來，但望望背後，明明是牆呀，冷氣機根本不在那邊，剛才也沒有風……我沒怎麼放在心上，又繼續玩了，其他人卻感到愈來愈冷，即使把冷氣關掉，依然很冷，那是彷彿空氣變稀薄似的、陰陰地滲進骨子裏的寒。

大家披著外套繼續玩，用手機拍了一張合照傳給一個無法來旅行的香港同事，讓他羨慕一下。誰知沒多久，那同事傳來WhatsApp問：『Lewis同Elaine中間那個女人是誰？』大家你眼望我眼，他倆之間根本沒有人呀！我們細心看看照片，竟見兩人之間有一個長髮女人伸出頭來，看，就是這個！」

我們爭看手機，果然有個半透明的女人伸長了脖子看啤牌，似乎對牌局很感興趣，但五官相當模糊，只大概看見長髮有點凌亂。老實說，看著這照片也真的有股寒意從背脊湧上後尾枕，而且看完之後一直無法忘記這畫面。

Eva續說：「當時我們完全驚呆了，因為知道『她』就在身旁看著我們呀！她對牌局那麼感興趣，若我們立即解散會惹怒她嗎？但繼續玩下去又會打擾她嗎？也顧不得那麼多了，就是太恐怖嘛，我們全體遷往大廳一直坐到天光。」

聽說去陌生地方，不要隨便翻開人家的床褥，還是注意這一點求個安心吧。

狐狸精

我二十四、五歲的時候，薪水很低，又十分喜愛買衣服（這份熱情將會延續到我歸西那天）。除了出糧當天，我的銀行存款幾乎不曾多過五百塊錢。但我明白光是抱怨是沒有用的，錢不會由樹上長出來，不會從天上掉下來。如果那時洗碗像今天這麼高薪，全職月入達兩萬二千港元，我早就兼職洗碗了，但當時這份工作還未那麼搶手，而我除了寫字之外也沒有什麼稱得上「謀生技能」，因此偶爾會兼職幫雜誌寫訪問稿子。

有次我訪問一位專欄作家和電視節目主持人，近年他消聲匿跡，可當年他的名氣是很大的，專寫歷史。那次對我來說是一場不愉快的訪問，我想對他來說更不愉快。我剛坐下來連話都未開口說，這位先生就不屑地拋下一句：「呵，居然派個細路來訪問我！」往後我問任何問題，他第一句都會說：「你咁後生你識乜？」然後自說自話，完全不理會我的問題。

我不知這位大叔年輕時搞大了幾多女人的肚子，也不知他年少時闖過什麼禍，以至他對年輕人有這麼大的成見。但我既然收了人家的錢寫這篇專訪，我就無論如何都要將事情做好，I'm professional。

這傢伙東拉西扯地談歷史，談到在山東與當地學者見面。「我見到狐狸精！」他說。沒料到學術交流也會有如此驚人的插曲，知識份子真不簡單。之前問那些正常的問題他一開口就罵我「咁後生你識乜」，如今這麼不尋常的事情我當然是等他先自由發揮一下。大叔見我不作聲竟激動地說：「狐狸精呀！你不懂嗎？我的天呀！這麼簡單的事也不懂……哎呀激死我（說時狀甚痛苦地按著額頭）你們這些年輕人真是無知到令人震驚……難道你不知道世上真有狐狸精嗎？」他那理所當然的語氣彷彿在問：「天呀！難道你不知道豬有四條腿嗎？」「難道你不知糖的味道是甜嗎？」

我想，既然無論我問的問題多麼出色，大叔也只會認定「你咁後生識啲乜」，那不如直擊核心，盡快終結我們對彼此的折磨吧，於是我問：「狐狸精搞你嗎？」沒想到他答：「係。」這還是坐下來成粒鐘第一次問問題沒有被他罵「你識乜」，大叔似乎很有興趣談論他被狐狸精搞的經歷，於是我繼續問：「狐狸精如何搞你？」

「嘩！不得了！那個女人第一次見就向我拋眉弄眼，話要來我的酒店房間，她還——」

「等等！」我暫停了他，因為當時我們身處馬會會所，大叔愈講愈high，愈high就愈大聲，鄰座的闊太眼望望已經好幾次。我試著把話題的方向微調至公眾場所可接受的程度。

「女歷史學者第一次見就主動要求跟你入酒店房，這種情況在學術界還算罕見嗎？」

大叔差點打翻了咖啡。「什麼女歷史學者？哎呀……哎呀激死我啦……我什麼時候說過狐狸精是女學者？我是說開學術會議之前看見的那個女人是狐狸精呀！」他之前當然並沒有這樣說，但要是在這點跟他糾纏，訪問恐怕三年後仍未完成。這傢伙說話沒頭沒尾的，平日主持電視節目大概剪片剪到吐血。

他續說：「清晨四點半，山上的森林，方圓百里沒有人住，突然從森林冒出一個女人，自稱姓胡，那不是狐狸化身是什麼？還未講夠三句她就主動投懷送抱。術數命理我全部都懂，你們年輕人見識小，未見過有些女人的容貌神情突然變得很像狐狸，其實她們是被狐狸精上了身，狐狸會利用她們去勾引男人，一定要請道行高的師傅才能將狐

狸精驅走！」我心想，那麼你自己不也是清晨四點半在森山冒出來嗎？又會不會有人懷疑這個男人是色魔？可能我在他眼中「咁後生識乜」，但我的確是咁後生就明白，99%受不住誘惑的男人，還不需要勞煩「狐狸精」出手就已經中伏了。

後來認識了一位研究道家的大學教授。他說有天一看朋友女兒的臉，不得了！這個少女整張臉都變成狐狸，是被狐狸精上身了，怪不得最近行為反常，父母說她簡直變了另一個人。二十歲，從小到大都好乖好文靜，近日突然打扮妖艷，還有女人打電話來家裏罵她做小三，教授說若不盡快將狐狸精趕走，這個女孩會非常危險，但這狐狸法力高強，他費了好大的勁才把女孩救回來。

聽來很像小說吧？有次我跟朋友聽音樂會剛巧碰見這位教授，朋友事後悄聲對我說：「這位教授的樣子……應該說他的氣息，好陰。他常常跟靈界接觸吧？」

對於教授說的話，就當多聽一種說法，不必沉迷。人的氣息倒是真能反映精神狀態的，我這位朋友也是特別敏銳。

凶宅，你敢住嗎？

朋友的弟弟剛大學畢業，決定搬出來一個人住，在新界區花一萬五千港元租了一個五百多呎的單位，全新裝修。至於為何剛畢業連錢都未賺過就能支付每月萬五元的房租？Well，現在香港的小朋友都很富貴，一畢業就由父母打本做老闆也不少，誰喜歡打工受氣啊？人活著當然應該有夢想，所以喜歡音樂的就由父母出資開琴行，喜歡慢生活的就由父母付錢開咖啡店，quality of life 很重要啊。

弟弟買了全套Muji傢俬，興致勃勃地展開他的文青生活。入伙第一晚，他泡過薰衣草浴鹽熱水浴，換上新睡衣，攤在梳化打機至凌晨一點，睡意來襲了。為搬屋已經粗勞了整天，還是好好睡一覺，明天才繼續打機吧，便走進睡房爬上床，這新買的床單被窩好舒服呢，很快就睡著了。

睡到半夜，突然很冷。真奇怪，冷氣機整天都好好的，怎麼此刻竟失常似的冰冷起來？簡直就像雪櫃啊，他連忙把棉被拉緊，但一會兒後變得更冷。與其說冷，不如說寒，一種彷彿由遠方飄過來直滲進骨子裏的寒。他把手伸出被子外，試著去拿床邊椅子上的外套，就在這時，他感到正被「誰」睜大眼睛注視著……但不可能的……全屋只我一人，這座大廈的保安還算不錯，不會有賊入屋的，別自己嚇自己啊，還是大被蓋過頭繼續睡吧！然而他實在太害怕了，加上冷，哪還有心情睡覺？與此同時，那「正被誰睜大眼睛注視著」的感覺愈來愈強烈，而且他能感覺到那「誰」正在向他移近。這時他雖然非常害怕，一種難以言喻的好奇心卻同時強烈地膨脹起來，雖然很恐怖卻被某種巨大的神秘力量吸引著，他終於無法抵抗這種吸引，雙手簡直是不受控制地將被子退到眼睛以下，無可抗拒地讓眼睛張開了一點點……稍微一點點──那兒，就在床邊近他大腿的位置，一個「人」正站在那裏望著他，一個跟他年紀相若的二十多歲男孩。

那男孩注視他的目光讓他永遠無法忘記，他幾乎嚇昏了過去。

好不容易捱到天亮，第一時間打電話質問業主，這才發現原來業主有個二十幾歲的兒子在這間屋裏自殺身亡，卻不曾向租客透露半句。弟弟深感「被騙」，也實在不敢繼續住下去，第二天便搬回父母家了，父母出面代兒子跟業主理論，最終爭取到白繳四個月房租來解除租約。

跟業主討價還價期間，他們也曾問過風水師，探討一下有沒有「化解」的可能，風水師說業主的兒子在屋裏過世後困在房子內無法離開，一般是需要帶他到廟宇去的，但因為身為家人的業主也不認為有需要請風水師來處理，租客也就不便插手了，再住下去還是不安，索性搬走了。

香港房屋署有個「特快公屋編配計畫」。講明「特快」，當然是要付出代價。一系列不受歡迎的公屋單位——有白蟻蟲患的、曾被大耳窿淋紅油的、隔壁住著怪人的、近垃圾站的，當然少不了凶宅，全都歸納起來讓市民申請。凶宅當中有曾發生倫常慘案的，也有在屋內燒炭身亡的，部分單位還有租金優惠。別以為無人問津，每年的申請都超額幾十倍呢。有網民留言：「厲鬼不及窮鬼惡。」生活逼人，哪有「怕」的資格？

靠風水
還是自己爭取？

一位空姐朋友說，香港的寶雲道在韓國空姐界鼎鼎有名。她們每次飛來香港就會晨早起身化妝set頭，穿上運動bra和短褲仔，搭的士去寶雲道跑步釣金龜，之後再搭的士走。我想大概是扮跑，因為堅跑的話個妝會溶，聽說成功釣金龜的例子還不只一個呢。這篇文章刊出來，趕去跑步的男人可能會逼爆寶雲道，但他們的老婆看了本文也會突然好想運動，一時間寶雲道豈不熱鬧？

我認識一位在中環開時裝店的老闆娘，她請了一個後生女當店員，女生把腳擱在收銀檯剪腳甲，又在店裏吹頭化妝然後直接過蘭桂坊結識banker，結果真的釣到個富三代。所以你話，姻緣到底是天注定還是自己爭取的呢？這又牽涉到「運氣」、「命水」了。金融業是一種賭博，做這一行等於「撈偏」，我認識不少做金融的朋友都相當迷信，有banker駕車時被一顆小石敲裂了擋風玻璃，立即取消所有工作飛去泰國拜四面佛；有外國律師改中文名要找算命師傅，搬新office要請風水師就更平常了。

很多人問我，Daisy，你信風水嗎？這等於問我信不信中醫。我當然相信中醫這一門學問，因為學問是不會騙人的，但practise這門學問的是人，而世上靠得住的人並不多。我視風水為一門環境學和統計學，不知你有沒有試過這種經驗：來到一個地方時總覺得渾身不自在。即使那是裝潢體面甚至豪華的地方，卻就是讓你感到有種說不出的抗拒感。

我的職業是寫作，從事我們這一行的人天生比較敏感。我不知試過多少次，當來到朋友的新居、辦公室或酒店，我的「雷達」就響起了。比如有次到一位朋友的家，新樓，全無遮擋的無敵海景，裝修淡雅而高級，但我一進去就想逃，那是一個長條形的單位，穿過長形的客廳就來到一條走廊，左邊是書房，再往前走，右邊是客房，再往前走，左右兩邊繼續是浴室、雜物房等等……感覺這間屋走極也走不到盡頭，讓人說不出的煩躁。我到過幾間長條形的房子都有類似感覺，後來跟一位懂風水的朋友聊起，他說那種形狀的單位像棺材，長住的話可免則免。還有就是這裏雖是全海景，但直射刺眼的白白一片令人感覺很不舒服。我靠近大玻璃窗一看，不得了！原來右邊是沙石廠，佈滿

一座座用沙石堆成的小山，漫天灰塵，怪不得空氣這麼差，不是風水師也知道這裏不利健康吧。之後很久沒見這位朋友，後來才知原來他病足一年，長期發燒，醫生懷疑是血癌，後來再驗，發現肚子裏有「一粒粒」的東西，要再驗，但願沒事吧。

又談談餐廳。為什麼有些地點明明人流很旺，周圍的餐廳都客似雲來，唯獨一間拍烏蠅？那當然可以因為食物難吃或服務差，但很多人連一次也不曾進去，不想進去，我發現那是因為從外面無法看穿餐廳裏面，用黑色不透明落地玻璃，執硬。如果是spa或美容院，看不穿卻沒有問題。餐廳是吃東西的地方，想先看看環境是否乾淨也是人之常情吧。我經常路過一個做食肆的舖位，明明在大街旺位，生意卻差到易手三次，門口用的正是黑色不穿透玻璃。後來終於裝修了，改用透明落地玻璃，室內亮起通明的燈火，從外面能清楚看見餐廳內整潔的環境，生意旺到連隔鄰的舖位都租起來，其實「環境學」並不是什麼深奧的學問啊。

廟宇好比
生死的出入口

前文提到「博士」有陰陽眼。他在台灣到訪一位朋友的新居，一進門就覺得有「什麼」穿過了自己的身體，急急讓路，下一秒他張口結舌地望著門口，眾人問他到底看見什麼，他臉青唇白地說了四個字——川——流——不——息。

原來這所房子的正前方是一座庵堂，他目睹很多「人」通過大門、穿過房子再經露台走向庵堂。他見鬼的次數不少，但那次因為數量很多，一時間也呆住了。住在這裏的人會有什麼感覺呢？不知道還好，知道了怎麼也會不自在吧。每次博士眼定定看著某處，我們就會即時彈開，忙問：「你到底看見什麼？」他總是笑笑不答。

曾聽說醫院和廟宇就像生死的「出入口」，鬼魂不斷進進出出，彷彿是來到這個世界和通往「下一站」的必經之路。

「死神」是什麼樣子的？

在我認識的人當中，超過十位見過UFO或外星人，見過鬼的更是不計其數，但見過「死神」的就只有一個。

研究風水的朋友告訴我，三岔口、十字路口是陰氣匯聚之地，最容易出現靈異事件。其實就算不懂風水，交叉點相比筆直的路更加複雜混亂，會發生事故的機會自然也較大，而且來到十字路口意味著要做抉擇、要取捨、要揀，於是就會猶豫、退縮。一怯，就容易出錯。

「博士」住在加拿大的時候，有次駕車來到一個十字路口，四周並沒有車，唯獨十字路口中央站著一個人，裝束和外貌就像Brad Pitt，有點粗獷豪邁那種風格的金髮洋人，他突然抬頭，遠遠的與博士對望，嘴角微微往上翹，那笑容教人不寒而慄，博士知道，那不是「人」。

就在這時，本來寂靜的公路突然傳來車聲，博士遠遠看見兩部車正由兩個方向以高速朝那個男人駛去，他卻泰然自若地繼續站在十字路口的中央，完全沒有閃避的打算。

「轟——」兩部汽車在十字路口迎頭相撞，在男人站立的位置撞成廢鐵，兩名司機不治，剛才那個男人卻不見了。

「我覺得他就是死神。」博士說。那個金髮男人就像一顆

磁石，吸引著兩名司機朝他撞去。

小說、電影甚至小時候看過的卡通片，都對死神有過許
多不同的描述，我卻從未想過死神竟然像Brad Pitt。或許
「他」的外貌並不是固定的，而只是一個化身？

我在演唱會的奇異遭遇

前文提過劇場是猛鬼的地方，也許是因為有許多陽光長年照射不到的暗角，很陰。演藝學院、香港藝術中心等等的靈異事件我聽過很多，但我自己在這兩個場地做了合共近四十場talk show，從未見過鬼，倒是一位有陰陽眼的男同事告訴我，有次我正在台上做talk show的時候，「有一隻正在我的頭上凌空飛起」，但既然沒有影響我，I don't care。

直至2018年底我在香港藝術中心壽臣劇院舉行兩場演唱會，我第一次被「具體地」影響到。很多人聽完這件事都覺得相當恐怖，要不要看下去就由你自己決定了。

我人生第一次開演唱會，也很可能是唯一一次，我稱之為「王迪詩我敢演唱會」。我做人的宗旨是拒絕重複，要不斷跳出comfort zone去作新嘗試。我會在舞台上一邊彈琴一邊唱歌，全程只我一個人在台上表演。

首場演出定於星期五。之前一天入台，全體工作人員都會在那天作最後綵排，測試燈光、音效、道具等舞台裝置，而作為唯一表演者的我亦會於當日仔細綵排。

那天上午我已到場準備，先在化妝間安頓好，細心檢查一遍表演服裝，確保儲備了足夠的水和食物，重溫一次今天final run的流程，然後開始化妝，今次演出的化妝和hair-styling都由我親自處理。雖然今天只是綵排，但為了能在舞台上測試燈光打在臉上的效果，我也會認真地化正式演出的妝容，一邊唱音階來warm-up把聲。

開演唱會是第一次，但我之前已在壽臣劇院開過三十幾場talk show，用的也是同一個化妝間，滿有親切感的。這些年來也累積了一定的演出經驗，現在已經可以全程享受，準備的時候也學會了掌握情緒，用從容的態度去迎接綵排和

演出。

我化好妝，換上正式表演的裙子和高跟鞋。聽到同事的廣播：「Daisy，Daisy請上台綵排……」我便離開化妝間，穿過走廊步上樓梯，推開分隔舞台和現實世界的那道大門，正式踏上台板，而我由那一刻起就覺得不對勁。

這個我曾演出過三十多場talk show的舞台，今天怎麼好像空氣變稀薄了？我像患了高山症那般呼吸困難，這裏氧氣不夠啊……我大口大口地呼吸，一隻手撐在三角琴上幫助自己站穩，是的……我是因為缺氧而感到有點頭暈了……真奇怪啊，剛才一直好好的，踏上台板之後卻急轉直下。

「你們覺得這裏空氣變稀薄了嗎？」我辛苦地說。場內有近十個同事，大家都說「沒有啊，就跟平常一樣」，只有婉婉，我知道她有陰陽眼，她默不作聲，於是我直接問她，她有點為難地說：「係……有點稀薄了。」會不會是冷氣有問題？還是風口位置改動了？工作人員就幫忙去檢查。

我繼續呼吸困難，可是綵排的時間有限，得盡快推進工作。我扶著琴身慢慢坐到琴凳上，開始彈第一首歌，邊彈邊唱，讓同事們調整咪和琴音的聲量，可是我覺得眼睛有點模糊……莫說唱歌，我連說話也說不出來，缺氧的狀態令我頭暈頭痛……突然，綵排被叫停了。監製、舞台監督和其他同事跑來跑去，似乎在「搶救」什麼，我則繼續缺氧頭暈。有一組關鍵的器材在毫無原因下突然停止運作，這種事以前並未發生過，他們要搶救的就是這組器材。

之後一推開那道門，只要雙腳一離開台板，空氣click一聲又變回正常了。

那夜回到家裏，我細心想想，發了一則訊息給全體同事：
「明天開show前，請拜台。」我以前演出都不曾做這種儀
式，但今次情況特殊。

第二天我一早起床。晚上八點是首演，我上午到達藝術中心，全體同事在舞台上香拜祭。大家吃過午飯，開始綵排。

我像昨天那樣推開那道分隔舞台和現實世界的大門，踏上台板。啊？今天的空氣正常了，沒有出現昨天「空氣變稀薄」的情況，是拜台湊效了嗎？我很高興，當晚的演出很成功，我表現出我應有的水準，觀眾很熱情，encore再唱……最後我在台上說「多謝各界的朋友」，當然觀眾並不知道我所說的「各界」包括「靈界」。

星期六是第二場，也是最後一場。因為有了昨夜的成功，今天我比較安心，但同樣也是一早到達藝術中心，這是我工作的習慣，我喜歡準備充足，這樣我才可以無後顧之憂地享受演出。

下午進行綵排。我坐在三角琴前彈奏，「咯……咯咯」，那是什麼聲音？繼續彈……「咯咯……」，聲音是鋼琴內部傳出來的，好像是組件鬆脫了的聲響。五、六個同事圍著鋼琴作地毯式搜查，沒問題啊，沒有任何組件鬆脫，而且調

音師傅昨天才調過音，我昨天演出時鋼琴也是正常的，怎麼今天突然傳出怪聲？但檢查多次仍查不出原因，離演出的時間愈來愈近，反正那「咯咯」聲未至於影響演出，就由得它了。

晚上八點，開場了。我在舞台左邊的布幕後面stand-by，熱切地等待與觀眾見面。舞台燈光亮起，我穿著一襲紅裙，踏著高跟鞋，像昨晚那樣一步步走到鋼琴前面，坐下來把腳放在鋼琴的pedal上。

SHIT。

我知道「他」出現了。

我的右腳，就是我用來踩鋼琴pedal的那隻腳，被人拉住了。我的整條右腿完全癱瘓，彷彿不是我的腿，我完全無法控制我的腳來踩pedal，但非踩不可，否則無法演出。The show must go on，腳用不了，我嘗試改用全身的重量聚下去踩pedal，同時得專心唱歌。事後很多人問我不害怕麼？怎麼仍可以這麼鎮定？說實話，我完全不害怕。人都唔驚，

點會驚鬼？我很focus，沒有誰可以阻止我做好我要做的事。

第一首歌唱完了，我站起來跟觀眾聊天。奇怪的是當我的腳一離開鋼琴pedal，當下就回復正常了，不癱瘓了，靈活地在舞台行走。

開始唱第二首歌，我把腳放在pedal上——又來了。我又感覺到腳被「誰」拉扯著，動彈不得之下唯有再次用身體的重量聚到腳踏上，但試想像你的腳被人扯著，一定無法靈活起來。如此，第三、第四首歌……一直唱到第六首，我的腳只要一碰到腳踏就會被誰拉扯著，無法如常活動。到了第七首，click一聲似的，我的腳突然回復正常了！可以靈巧地踩pedal。但……「咯咯……咯」，鋼琴於同一時間傳出怪聲，就是下午綵排時同樣的聲音，但剛才彈那六首歌鋼琴是正常的。我繼續演出，邊彈邊唱，這時，放琴譜的架子突然前後搖晃，還算輕微，但如果第一兩行觀眾細看的話大概會發現這怪異的畫面，然後click一聲又在那閃光之間，我的腿又被人拉住了，而鋼琴的「咯咯」聲也停止了。

換句話說，「那東西」是附在鋼琴上，而且會走動的，一會兒走到我腳上，一會兒走到譜架，一會兒走到鋼琴裏面。

就這樣，我靠意志力完成了這一晚的演出。觀眾是看不出來的，因為也沒有出什麼亂子，表面看來一切順利，但我心裏覺得遺憾，本來我的演出應該比這好得多，而這很可能是我一生唯一一次的演唱會，嘔心瀝血準備了很久卻無法表現出應有的水準。我是有同理心的，包括對靈界朋友。我理解「他們」為什麼要在劇場流連，我常跟團隊裏的同事們說，或許我們死後也會跟「他們」一樣，在演藝學院或壽臣遊蕩，這裏是我們奮鬥的地方，有我們的回憶和青春的印記，死後意識被強烈的力量吸引回來這裏也很正常，但令我不開心的是——關我咩事呢？點解要影響我呢？我一直尊重「他們」的存在，可惜這份尊重並不是相向的。

那夜，我請同事們在銅鑼灣一間餐廳宵夜以作慰勞。席間，我說出剛才演出時的怪事。「博士」整晚默不作聲，負責舞台監督的男同事在演出時坐在舞台側邊的布幕後，

其實就在我彈琴的不遠處，博士在演出時坐在他身旁。
「喂，你別再望我後面了，好嗎？」他對博士說。大家都
知道博士有陰陽眼，每凡他眼定定或重複望同一個位置，
我們就知道他看見了。

「那到底你今晚看見什麼？」我問。

博士吃一口雞肉串燒，淡然地說：「行來行去。」

後來我想起壽臣劇院在我演出不久前剛巧有另一個演出，
那位演員是出了名受靈界朋友歡迎，一生閱鬼無數。我的
演出緊接著她，也許是「他們」來不及散水，派對延續到
我的演唱會了。

到台灣
找一對
異能夫婦
看前世

「你信不信有前世今生？」Charlotte問我。她是開時裝店的。靠自己一手一腳由零開始，從聘請設計師、開店、辦fashion show 到拓展海外市場，做得有聲有色，是一名商界女強人。

「也有這個可能吧。」我邊說邊用匙攪拌著咖啡。

「我以前不信的。我有個相識多年的朋友，她到台灣找一對異能夫婦看前世，看完之後回來千叮萬囑我一定要去看，『好inspiring！非看不可！』我見她這麼說，而且那對夫婦只收取數百港元的費用，我便趁著唯一能抽空的那天跟男朋友一起飛到台灣。

我們找到那個地址，單看外表是一對普通中年夫婦，負責看前世的是太太，丈夫則在旁即時將太太說的話用電腦記下來，再email給你作為紀錄。那位太太看著你，感應一下就會『看見』你前世、或前幾世是什麼，甚至單看照片也能感應到。

她見了我就說：『你今世是做生意的吧？白手興家，是個能幹的商人。』自問算不上能幹，但也挺驚訝她講中了我的工作，我事前完全沒有告訴她任何資料，我的工作、家庭、出身，一句都沒有提過。她說看見我上一世是個男人，一個能幹的商人，有幾個老婆。

接著她問：『你是有點害怕你的女兒吧？』我聽到起雞皮，天呀！她怎會知道？連我也無法解釋為什麼我會怕自己個女。我有一子一女，女兒今年小學六年級，我很疼她，但從她小時候開始我就莫名的怕她，與其說怕，不如說是從遠距離的畏懼和崇拜。但這是我懷胎十月的女兒啊，怎麼會有這『遠距離』的感覺呢？我是母親，又怎會畏懼崇拜年紀那麼小的女兒呢？彷彿母女角色易轉了似的好奇怪。異能太太說，我之前其中一世是女人，我個女是一位事業有成、有權勢的男人，我暗戀他，崇拜他，但他

已經有家室了，我只能遠遠在心裏偷偷愛著他，那就解釋了為什麼我今世會對女兒懷有那種莫名奇妙的感情。當時坐在我身旁的男朋友悄聲對我說：『你看完我也要看！』他本來不相信前世，所以沒有預約，但聽到這裏，他也忍不住要看了。

然後，異能太太問了這個讓我眼眶立時通紅的問題：『你的兒子是不是很缺乏安全感？即使已不是嬰孩了仍整天黏著你，不捨得你走開？』我一聽，眼淚就忍不住了，的確是這樣啊！兒子已經小學五年級，但即使到了今天，他每天早上醒來仍會走到我的睡房抱著我說，媽媽，你別走開好嗎？我聽著心都酸了。我女兒卻跟弟弟相反，她自己大把節目，就算我在家她也沒有閒暇招呼我。異能太太說，我上一世是個男人，從商的，有幾個老婆，而我的兒子就是我最小的老婆，因為我常常老遠跑到外地做生意，留下她在家中很孤單，那份孤獨感一直帶來今世，所以我的兒子很缺乏安全感。我現在工作很忙，經常不在家，聽到異能太太那樣說，真是讓我很愧疚啊！

她又說中了一件重要的事：我今世的丈夫正在拿子女要脅我，不肯離婚，目的就是要錢，而他由之前幾世就已經開

始騷擾我，每一世都是為錢。很多人問我，就算知道了前世又如何？有什麼意思？以前我也覺得挺無謂的，但如今我完全改觀了。我朋友之所以說『好inspiring』，意思就是知道了前世以後，會更清楚知道今世、此刻我們應該怎樣做。異能太太說，我們今世會遇上的人，前世或再前世一定已經認識了。比如我介紹了一位女友人到台灣找異能夫婦，太太看見她幾世之前救了一隻貓，之後每一世這隻貓都會以不同身份出現在她的人生裏給她帶來愛和溫暖，而她今世真的養了一隻貓，感情好得難以形容，比血脈相連的親人更親，可惜這隻貓已經去世了，主人極為難過，但異能太太說那隻貓將來一定會以某種方式再來的，不久她就懷孕了，而她感覺貓會投胎來做她的女兒。

異能太太也告訴我，那些今世咬著你不放的人，前世一定已經纏上你，因為當時的恩怨尚未得到了斷，那段孽緣便帶到今生。對於現在的丈夫，她說如果錢可以解決，就盡快用錢解決掉，必須在今世將瓜葛了結，否則恩怨又會再帶到下世，沒完沒了的世世糾纏下去，這對我真是很大的啟發啊！知道了前世後，今世就要更加懂得好好地活，更知道應該用什麼方法去栽培一對子女。對了，異能太太還說，此刻坐在你身旁的這位男士，亦即是我的男朋友，

要好好珍惜啊，你們之前其中一世是戀人，經歷許多波折才能在一起，可惜男人早逝。今世你們也是各自有很多經歷，繞了許多圈子才終於遇上了，千萬不要錯過。」

能夠在今世開花結果，太好了。

期待遇上
幽靈伯爵

有次在巴黎工作一星期，原本的酒店懷疑有賊，還兩次爆入我的房間，不想再忍了，臨時找地方搬，剛巧巴黎有大型活動，好不容易找到 Hotel de Louvre 還有房間，這座建於1855年的酒店鼎鼎有名，我就這樣住進古蹟裏。

大堂滿目是藝術品，法式金碧輝煌。1897年，印象派畫家 Camille Pissarro 住在這裏繪畫了窗外的景色，那個房間現稱為 Pissarro Suite。《福爾摩斯》有好些故事都發生在這間酒店，因為作者 Arthur Conan Doyle 在這裏找到許多靈感。還有1910年，Sigmund Freud 撰寫關於《蒙羅麗莎的微笑》的重要論文期間曾來過這裏幾次，名畫正是收藏在酒店對面的羅浮宮。

來頭這麼厲害，我心想，今次發達啦，畫家作家都創意如泉湧，我這種「二打六」怎麼也能沾上一兩滴靈感吧！於是我昂首闊步拖著行李箱，升降機門打開那一刻卻心感不妙……我鑽進九曲十三彎的走廊，灰灰暗暗的，陽光彷彿一百多年不曾照進來，深色地毯和牆壁散發著歷史的氣味（或講得老實一點——霉味）。如果說這裏沒有鬼，你信不信？

擁有陰陽眼的朋友告訴我，面目模糊的幽靈是路過的，面目清晰的則是那地方的長期住客，面目猙獰的就是惡鬼，千萬不要跟他作任何交流，否則他會纏著你不放，那麻煩可大了。老實說，如果必須在鬼與賊之間二揀一，我寧願選擇鬼，鬼有可能是好鬼和衰鬼，但賊一定是壞的。惡鬼就無謂惹了，「長期住客」倒是值得會一會吧，能見到伯爵幽靈就很不錯，若能遇見Pissarro就發達了！

我興致勃勃地胡思亂想，直至打開房間的門一看——完全呆了。我彷彿進入了另一個世界，房間跟華麗的大堂完全相反。訂房之前看過網站的照片，跟「實物」相差一千倍，他媽的中伏了。鬼並非最可怕，但我很怕地毯上那些活躍的跳蚤，腿上整晚癢得不得了，沒見到伯爵卻讓我

好失望。我拍了一張這房間的照片用手機傳給在香港的
Philip，他回覆：「就跟麗晶一樣。」

我說：「Regent？怎麼可能？差天共地！」

他答：「周星馳《國產凌凌漆》的麗晶大賓館。」

我恨不得一巴掌摑死這傢伙。

為了看陵墓，
他們竟然遇上……

這是發生在一位電影監製身上的怪事。

在此暫稱這位監製為Jennifer。多年前她到南京拍戲，進度
比預期快了一點，騰出了幾天就與劇組同事結伴到郊區的
陵墓觀光。

他們四個人包了一部七人車由市區開往陵墓，沿途東拉
西扯地聊著，看看手機，談談公事，又歇一下。就在這
時，Jennifer聽到有人打鼾，心想是誰剛聊得興高采烈轉頭
就睡得爛熟了？她坐在司機後面第一排，看看身旁的女同
事正在回覆電郵，回頭看看後座的兩個男生，一個正戴上
耳筒聚精會神地打機，另一個正在看劇本，車上根本無人
在睡，剛才的打鼾聲是哪裏來的？但除了Jennifer，其餘三
人都似乎沒聽見，她心想說不定是自己聽錯了。

她準備小睡一會，反正距離目的地還有好一段路。於是她深深地靠進倚背裏去，誰知剛合上眼還不到半分鐘又聽到打鼾聲，她立即坐直了身子，專心細聽⋯⋯沒錯，的確是「有誰」在打鼾，那聲音雖然微弱，卻很近，彷彿有人在她旁邊打鼾似的，可是她旁邊明明只有女同事一人。

「你聽見有人打鼾嗎？」Jennifer問坐在身旁的女同事。

「不是你在打鼾嗎？」女同事反問。原來她也聽到打鼾聲，但她一直專心覆電郵，並沒有留意是否有人在睡。她們甚至查看了打鼾聲是否由正在駕車的司機發出來，結果當然不是啊。Jennifer示意坐在後排的兩個男生肅靜，一起細聽⋯⋯竟然真的聽見打鼾聲！

「邊個呀？有鬼咩？」打機那個年輕男同事大喊。另外三人馬上示意他別這樣說。他們從事電影製作，總也聽過不少靈異事件，懂規矩。眾人裝作若無其事，打鼾聲不一會就消失了。

來到陵墓，那時內地的景點尚未高度開發，有些部分還沒有圍欄。他們到處閒逛，步下一道樓梯，下面是個石室，

除他們之外就沒有其他人了。

「嘩，咁污糟嘅！」男同事大喊。對，就是剛才那個口不擇言的男生。其餘三人想掩住他的嘴已來不及了……這裏好冷，還是趕快離開吧……就在這時，突然傳來掃地的聲音，就是那些用禾稈草綑成的大掃把，慢慢的，一下一下，而且那聲音似乎愈來愈近，可是這個密封的石室就只有他們四人，即使外面在掃地，聲音也不可能穿透岩石傳到這個地下室來啊……他們你眼望我眼，臉色蒼白地趕快離開了。

來到富有歷史感的地方，讓心平靜下來去感受那個環境的氣場，言行端莊，不喧嘩，不觸碰文物，這是保育常識和基本教養，跟迷信與否倒沒有什麼關係呢。

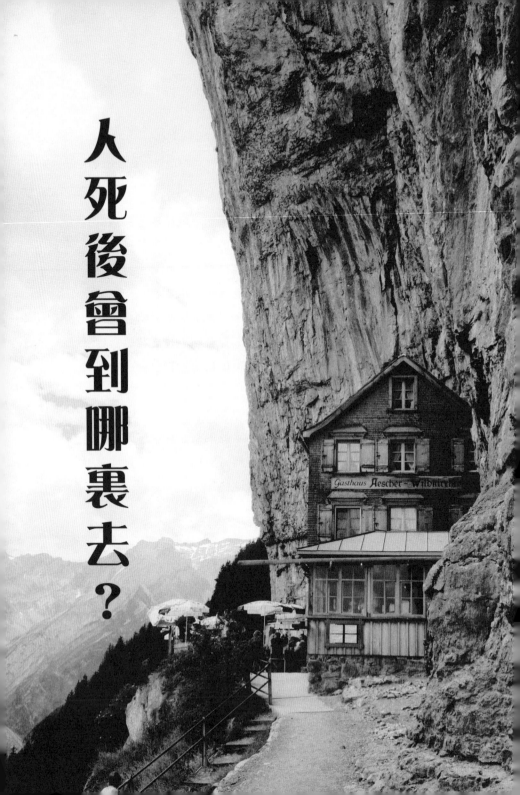

人死後會到哪裏去？

「我收到S的email。」我說。所有人都傻眼地看著我。

S在兩年前死了。

「你什麼時候收到他的電郵？」。

「上星期。就在我剛剛從衣櫃深處翻出秋季的衣物那天，我突然收到S的email。」我望著手中那杯紅酒出神。

「他在電郵說什麼？」Ryan問。

「好像是談到什麼產品嘛，不記得了，反正就是黑客入侵了他的電郵帳戶。令我擔心的是那封電郵還抄送了很多人，包括Kyle。」

Zoe著急地說：「那麼Kyle有看到電郵嗎？希望它被過濾到垃圾箱，不然Kyle看到恐怕會被勾起傷心事啊……」

然後我們落入一陣沉默。他們整晚不斷抽煙。我在香港不抽煙，香港沒有抽煙的情調。我只喝酒。

「S因腦癌離世，就是兩年前這個時候吧。」Ryan邊說邊在煙灰缸裏用力按熄了一根煙，我點點頭。「兩年前差不多這個時候，Kyle在我的團隊裏一起參加拍攝，中途突然請假，後來我才知道原來那天就是S的喪禮。」

兩年過去了，我們都很想念S，沒有人忘記他，有些人是你永遠不會忘記的。但時間令我們變得更成熟，難道在原地打滾賴死不走就可以改變S已經不在的事實麼？既然只能向前走，就不要回頭，不是要忘記S，而是用另一種方式去紀念他。

Zoe托著腮呼出一個煙圈，說：「不知S現在怎麼了……」

「在肯雅旅行。」我答。他們睜大了眼睛看我。「是S的鐘點女傭說的，她能見到鬼，也常常夢到死去的人。她夢見S跟一個年長的男人一起去肯雅旅行，Kyle說那個男人大概是S的爸爸。」

「去旅行？那就是跟在生時的生活差不多呀，下面的港女大概也常常去韓國。」Ryan說。

我點點頭。「有些中國人之所以給祖先燒紙紮iPhone、紙紮大屋，就是假定死去的人也過著跟生前一樣的生活，下面有自己的政府和經濟體系。」

「你們相信輪迴嗎？」Ryan問。

Zoe想了一下說：「我信呀，我覺得那是一個優化過程，每一世都有我們需要學習的東西，所以應該比上一世活得更好。」

教人無法回答的是，上天為什麼讓S二十九歲就離去。那麼年輕，那麼好的人。或許他已經學會所有東西，即使離開也沒有遺憾了。

我們乾了手上的紅酒。我知道S現在很好。我就是知道。

代客拜山

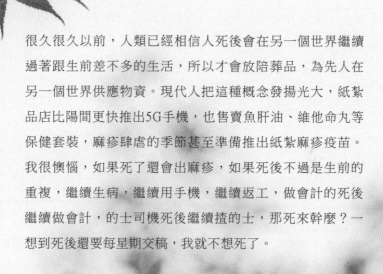

很久很久以前，人類已經相信人死後會在另一個世界繼續過著跟生前差不多的生活，所以才會放陪葬品，為先人在另一個世界供應物資。現代人把這種概念發揚光大，紙紮品店比陽間更快推出5G手機，也售賣魚肝油、維他命丸等保健套裝，麻疹肆虐的季節甚至準備推出紙紮麻疹疫苗。我很懊惱，如果死了還會出麻疹，如果死後不過是生前的重複，繼續生病，繼續用手機，繼續返工，做會計的死後繼續做會計，的士司機死後繼續揸的士，那死來幹麼？一想到死後還要每星期交稿，我就不想死了。

這一切，全都建基於假設人死後會在另一個世界過著相同的生活，這讓我想起朋友讀小學的女兒去拜山，看見大人燒金銀衣紙就搖搖頭說：「我唔覺得爺爺會收到囉，如果收到，點解唔燒真錢？」

我自己並不相信死後是生前的重複，這在我看來只是一些害怕死後虛無的人讓心裏踏實一點的想法罷了。死後還要吃養生保健品，那如果病了是不是會再死？如果人人都可以燒幾十億冥通鈔票供先人在下面享用，那陰間的通貨膨脹一定厲害得任何經濟體系都無法負荷。如果紙紮金捞、飛機豪宅全部一燒即有，那地府如何建立經濟貿易？實際執行起來根本就不可行吧，燒超豪紙紮品也不過是後人為滿足自己的虛榮心而已。

說起來，拜山這麼多年，你可曾想過為乜？當小孩提出這個問題，你又會怎樣回答？天時暑熱，路遠又多蚊，這般麻煩是為了什麼？於是出現了直播代客拜山服務，顧客安在家中歎冷氣一邊看直播，感覺就像自己親身拜山一樣，或許也有人看了彭于晏的直播就感到擁有彭于晏了。

我從小時候開始就很喜歡拜山，我出生之前爺爺就不在，看見他墓碑上的照片很是懷念啊。年復年掃墓，想起日本電影《日日是好日》的一句對白：「能夠多年來跟同一班人做著同一件事，原來是非常幸福的。」

死亡教曉人一個字
——捨

你有沒有試過上網拜山？我未試過，但我不斷想像假如有天有人在網上拜我，我在下面是否真的可以收到？老老實實，online banking確定已經拓展到地府了嗎？金銀衣紙是否確保能在網上過帳？

今時今日到底還有什麼是internet無法取代的？我想到兩樣，第一是live performance，看電視球賽怎能跟現場看相比？不然演唱會門票也不會賣得這麼貴吧。第二樣是屍體，用作捐贈器官或讓醫科生學習解剖。

經常有人透過社交媒體求救，呼籲捐贈器官予病危親友。香港號稱文明社會，捐贈器官的人數竟少得令人驚訝。有人問我死後會否捐贈器官，我反而很奇怪為什麼要想，在我看來這是連一秒也不用想那麼理所當然的事。人死後只剩皮囊，於我無用，也帶不走。如果這堆廢物可以救人一命，仆倒去捐啦。但香港願意捐器官的人很少，任何時候都有二千到三千名病人等候器官移植，一個腎居然要等七年，究竟等公屋難還是等個腎難？

每一百萬人當中，香港的自願器官捐贈率是5.4，南韓有9.01，台灣有8.19，英國是20.4，澳洲是16.1，可見亞洲人有幾老土。很多時不願捐出過世親人的器官，是因為親人生前沒有表明意願，旁人不敢擅作主張，所以我呼籲大家趕快去填捐贈器官卡，或將意願告訴家人。美國的自願捐贈數目達27.02，原來美國公民申請駕駛執照時需進行器官捐贈意願登記。香港並非人人有車牌，但人人有身份證，領身份證時順便登記捐贈器官就是了。

他朝君體也相同。新加坡的法例向來好mean，但mean得來又好公道。他們的人體器官移植法令（Human Organs Transplant Act）規定，不願捐贈器官的人，日後如果患病而需要器官移植，將會在器官移植的等候名單上排在後面。今日你唔肯益人，他日你需要幫忙，人家亦唔會益你，好公道。

讀了《我的十堂大體解剖課》，由台灣慈濟大學醫學系解剖科教授何翰蓁所寫。教授稱遺體為「大體老師」，解剖學科設於「大捨樓」，大樓有一個很大的書法字「捨」。慈濟大學要求學生在解剖課開始前先到大體老師的家進行

家訪，從家屬口中認識這位大體老師的人生。有些家屬還會叮囑學生：「我媽媽很怕痛，你下刀輕一點啊！」也有家人會豪邁的讓學生放心盡量割，好好學習。死後仍能幫人，那感覺真爽。

死亡教曉人一個字——捨。

作者：王迪詩
出版：王迪詩創作室

王 迪 詩
創 作 室

Design: Judy@WYsiNwyg

Photos (layout):

The following photos are from Pexels:
P.15,70-71 Dovs
P.18,60,74,112 Sourav Mishra
P.21,36,124,160,172 eberhard grossgasteiger
P.24,98,143 Todd Trapani
P.27,116,156 eberhard grossgas
P.32-35,132-133,134-135,150 Pixabay
P.44 rawpixel.com
P.48-49 Francesco Ungaro
P.54-55 Efdal YILDIZ
P.64-65 Jaymantri
P.78-79 Rachel Xiao
P.82-83,108-109,138 Rodolfo Clix
P.86 Maxime Francis
P.90-91,102-103 Min An
P.119 Sam Willis
P.128-129 Stephan Seeber
P.149 Oleg Magni
P.164 Martin Péchy
P.168-169 Thomas

P.40-41,68 Sergey Peterman/Shutterstock.com

Published in Hong Kong by CS International Media Group Limited

ISBN 978-988-16262-9-5

人之所以會變得麻木，
是為了保護自己。
起初，心是熱的，
卻因此而吃虧了，受傷了，
於是漸漸將自己抽離，
在周圍築起一道牆。

王迪詩作品

《不怕別人眼光　勇於做自己的十堂課》

做任何事都會有人欣賞，有人批評。
驚，就乜都唔好做。
Don't let other people define you.

《王迪詩@辦公室》

在職場上, 誰沒遇過一兩個人渣?

鞋, 不能亂擦。必須擦得窩心, 擦得到位, 一句說進你的心坎裏, 把你勁想講但又不好意思講的話, 痛痛快快的說出來。

我有一個夢: 指著老闆的鼻子大罵:「@＄X★%!」然後把桌上的文件往天上一拋, 拂袖而去……只要一次轟轟烈烈地炒老闆魷魚, 都算不枉此生。但當我冷靜下來, 又覺得可能會抱憾終生……

一個精明的老闆, 一定會培植多於一個勢力, 說得好聽是刺激雙方的良性競爭, 說穿了是互助制衡。一方獨大, 很容易威脅權力核心。

公司愛用「美人計」討好客人, 好處是「零成本」。蝕底的是女職員, 又不是公司。

《王迪詩＠蘭開夏道》
28歲女律師日記
「別了, IPO!」、律政鴨、港女
為何嫁不出、在 printer 通頂
的無數夜晚、與 banker 的曖
昧戀情、湊大陸客送 Prada
Gucci......
《律政強人》不會告訴你的律
師真實生活!

王迪詩小說

《我沒忘記 那年的你》
—《蘭開夏道》前傳

茫茫人海，
為何偏偏遇上你？

《我就是看不過眼》1，2集

世上最悲哀的不是說真話會被打壓，
而是有權暢所欲言，卻不敢說真話。

失戀急救天書
《沒有你，不會死！》

王迪詩 Daisy Wong

香港作家。過著bourgeois-bohemian的生活，享受現代男歡女愛，是名副其實的Bobos in Paradise。為人貪生怕死，貪慕虛榮，但有自知之明，堅持「我不完美，so what？至少我沒有欺騙自己。」

著有30多部作品，包括《王迪詩＠蘭開夏道》、《下半生，難道就這樣過嗎？》、《不怕別人眼光　勇於做自己的十堂課》、《我就是看不過眼》(1-2集)、小說《我沒忘記那年的你》、失戀急救天書《沒有你，不會死！》、《沒有你，我會死......才怪！》、金句集《我的愛情》、《王迪詩＠辦公室》（1-3集）、《我就是主角》、時裝美容專集《Style》和《Life Style》、《我是我·王迪詩》（1-5集）、舞台劇作品《孔雀男與榴槤女》及同名小說等。

曾舉辦兩場「王迪詩我敢演唱會」、37場個人talk show「王迪詩寸嘴講」(主題包括「香港應該有條人渣村」、「享受愛情」和「笑看職場」)。王迪詩亦曾為香港電台電視節目「我係乜乜乜」、商業電台節目「關公災難」和「我就是王迪詩」擔任主持。

下載聲音廣播節目：
www.daisywong.com.hk → click入「簽名書」

官方網站_ **www.daisywong.com.hk**
電郵_ **daisy.lancashire@gmail.com**

daisywonghk | **daisywong_author**